U0933964

李烬
著

世界不会偏心你 但我会

图书在版编目（CIP）数据

世界不会偏心你，但我会 / 李烬著. -- 南京 : 江苏凤凰文艺出版社, 2022.6
ISBN 978-7-5594-6730-0

Ⅰ. ①世… Ⅱ. ①李… Ⅲ. ①长篇小说—中国—当代 Ⅳ. ① I247.5

中国版本图书馆 CIP 数据核字（2022）第 051847 号

世界不会偏心你，但我会

李烬 著

责任编辑	周颖若
特约编辑	夏晓霞
责任印制	刘　巍
出版发行	江苏凤凰文艺出版社
	南京市中央路 165 号，邮编：210009
网　　址	http://www.jswenyi.com
印　　刷	上海盛通时代印刷有限公司
开　　本	787 毫米 ×1092 毫米 1/32
印　　张	9
字　　数	175 千字
版　　次	2022 年 6 月第 1 版
印　　次	2022 年 6 月第 1 次印刷
书　　号	ISBN 978-7-5594-6730-0
定　　价	42.00 元

江苏凤凰文艺版图书凡印刷、装订错误，可向出版社调换，联系电话 025 - 83280257

我想当一堵墙，帮她把风雨挡住。
等到雨过天晴的时候，她再出来也没关系。

Collect
FOR

那时候我的世界里只有加七，

而我的梦想就是陪着加七一起实现梦想

原来，远方一直都在远方，
也许我们永远都到不了，
但身边有愿意陪我们去远方的那个人就好。

SHIJIE BUHUI PIANXIN NI,
DAN WO HUI

目录

前奏：关于我们的初见与童年

 间奏：灰暗又明亮的青春期

高潮：要尽情享受浪漫

尾奏：生活总归是细水长流的

彩蛋：给加七的睡前故事

前奏：

关于我们的初见与童年

澡盆里掉进来个妹妹

在我六岁以前，我的记忆中有一道铁门、一台已经不知道换过几个主人的黑白电视机、已经被翻烂的连环画……

妈妈说她很忙，爸爸也说他很忙。他们每次都是做好了饭，用绿色的防蝇罩盖好，让我到了点就热给弟弟吃。

弟弟比我小一岁，却格外地精明。某一天，他瞪着眼睛跟我说："哥，你做饭给我吃吧？"我："……"

后来弟弟就成了我试验新菜的"工具人"。

天知道一个六岁的孩子会做什么菜！我每天就是做西红柿炒鸡蛋，鸡蛋炒西红柿……

终于有一天，弟弟忍不住了："哥，我真的吃腻了……为了补偿，你让我钻门洞出去吧？"

为了补偿他，我用尽浑身的力气把家里的铁门撑开一道缝，

刚好容下一个五岁的孩子钻出去。

“我会给你带好吃的。”

望着他离去的背影，我又羡慕又怯懦。

因为父母说我是哥哥，所以我要保护好这个家，要好好照顾弟弟；我因为要照顾弟弟，所以偷偷放他出去。

早点回来。我在心里默默念着。毕竟如果让妈妈发现，弟弟免不了挨一顿打。

家里的德牧犬在叫，它还有一个月就要生小宝宝了，我拿了一个馒头，蘸了点肉汤，掰碎了一点点喂它。

“莎莎，等我长大了，我给你买最好吃的肉骨头。”

狗子似乎听懂了我的话，绕着我转。

我妈总说，这几年就有几件大事：香港回归，还有申奥。如果1993年那次申奥成功，那么后年就能举办奥运会，谁能想到就差两票。

申奥失败的那年，弟弟出生了，我们一家也从姥姥家搬回来了。爸妈说这种大事以后全家都要在一起见证，但今天守在电视机前的只有我一个人。

这可能就是爸爸喝酒时抱怨的“生活”吧？

那时候我不懂生活是什么，生活又能有怎样的压力。

我在院子里逗着莎莎，却听到了门响。我很警觉地拿起一根和我一样高的木棒，蹑手蹑脚地走过去，在拐角处偷偷望。

是妈妈，她还拎着一袋水果！

我开心地跑过去，接过妈妈手里的水果。

“你弟呢？”

“……”

我妈深吸一口气：“又跑出去了是吧？等他回来我不打烂他的屁股。”

“……”

妈妈走进里屋，将毛巾、香皂还有一些其他的洗漱用品一股脑放进了洗澡篮里。放置完毕，她又在里屋翻起来。我见状赶忙躲起来。

“别躲了，你把澡盆藏在哪儿了？”

妈妈的声音里带着怒气。我飞快地思考着：今天弟弟溜出去玩，回来肯定要挨揍，我如果再不听话，那肯定也要挨揍。

于是我把藏着的不锈钢澡盆拿出来，抱着澡盆尴尬地向我妈傻笑。

妈妈白了我一眼，我摸了摸后脑勺，澡盆一下子咣当摔在了地上。

妈妈又叹了口气。

“我已经是个大人了。”

“你是大人，你去给我赚钱养家。”

“我不去！”

“你必须去。”

“我去了弟弟怎么办？”

“让他和你爸爸去男澡堂洗澡去。”

“那我也跟我爸去！”

“不行，你今天就得跟我去。”

说完，我妈就拎着我的领子，把我拎出了家门。

“为什么我要去女澡堂洗澡？！我是个男孩！”

“闭嘴。”

“你这个女人怎么不讲道理呢？”

“等你长大了你就知道了，不要试图跟女人讲道理。”

“长大了也要去女澡堂洗澡吗？我不要！”

“想得美，你就珍惜这段时间吧。”

争论不过妈妈，我只能被她像拎小鸡一样拎了一路，直到拎不动了她才肯放我下来。

我们到了澡堂，妈妈在盆子里放好热水，我躲在角落里低着头。水汽弥漫，我脸颊通红，是热的也是羞的。

放好水，妈妈直接把我的衣服脱了，然后把我扔到了澡盆里。我叹了口气，拿着肥皂，想搓出几个泡泡来缓解尴尬。

虽然这种情况我经历很多次了，但我每次都想挖个地洞逃出去。

正在我搓泡泡的时候，我面前又出现了一个澡盆，澡盆里也有一个“小男孩”。

我长舒了一口气。我终于有伴了。

“小男孩”的头发和我的头发一样短，不过“他”长得比我漂亮，像个女孩。

“他”盯着我，我盯着“他”，不知道是不是默契，也不知道是谁泼了谁第一捧水，我俩打起了水仗。

妈妈们在泡澡的水池里唱着歌，两个小孩在角落里泼着水。

我们不知道玩了多久，澡盆里的水泼完了，妈妈们给我们穿好了衣服。

路上，我们两个趴在各自妈妈的背上听她们聊天。

“原来隔壁的院子被你家买了啊。”

“对啊，以后我们就是邻居了。”

“一会儿去我家吃晚饭吗？”

“成，顺便带我闺女认识认识你家的孩子。”

“原来是个闺女，我以为是个小子呢。怪不得她长得那么秀气。”

“嗯，是女儿，只不过头发短了点。”

阿姨是叹着气说的这句话，妈妈听了也没有继续问，赶忙岔开了话题。

她原来是个女孩啊……我还以为她是个弟弟。

我看着那个小女孩，她也看着我。在月光下，她的眼睛很亮很亮，我从没见过这样的眼睛。

到了家，我打开电视机，和这个妹妹坐在一排。看她不想说话，我只能坐在一旁陪着她一起看电视。

很快，两个妈妈便张罗好了一桌子菜，这时两个爸爸回来了。

当然，我爸手里还拎着弟弟。

我妈看见弟弟，马上就来了气，拿起笤帚就朝弟弟走去。弟弟也没反抗，很自觉地趴在床上，用手拍了拍屁股，又招呼我妈："来吧，打快点，打完吃饭。"

阿姨看到直接笑出了声："你家的孩子还挺自觉的。"

我妈看了我一眼说："你也趴过去。"

"为什么？"

"因为你把他放出去了。"

我叹了口气，也趴在床上。两个白花花的屁股等待着妈妈的笤帚。

不知道是不是这个场面太滑稽，一直闷头不说话的妹妹竟然笑出来声。我回头看了看她，见她鼻涕泡都笑出来了。

幸灾乐祸！

还好这时候叔叔出来打了圆场："都要吃饭了，这顿打就先记账上吧？”

也许是因为客人在，我妈也没多追究，于是两家七口人便坐在一起吃了第一顿饭。

饭桌上两家人说说笑笑，我也知道了妹妹叫周佳琪，比我小一岁。他们是从很远很远的南方搬过来的。

我偷偷给她夹菜，她没有拒绝。弟弟却白了我一眼，好像嗅到了危险。

叔叔喝了很多很多酒，醉醺醺地摸着我和弟弟的手对我爸说：“真羡慕你有两个儿子啊，不像我家，就一个闺女。以后我就是……那话在你们北方怎么说来着？绝户。”

气氛瞬间降到了冰点，阿姨的脸色很难看，周佳琪也咬着牙。

我爸赶忙打圆场：“生男生女都一样，你这就是封建思想。”

“我们想要女儿还没有呢，我最喜欢女儿了。佳琪以后多来我家玩，你就是我的闺女。”我妈这时候抱过周佳琪，满脸都是宠溺。

“你们不懂，你们不懂……”周叔叔喝得醉醺醺的，一直念叨着。

我看着妈妈怀里的周佳琪，她像只受了惊的小猫。

原来很多小孩，从刚有记忆的那刻起，就是不开心的。

就像这个世界有很多小猫，在路边出生，总是被风吹雨淋。

但是小猫，你不要怕，要往前走，走到灯火通明的地方，走到那个温暖的地方。

世界不会偏心你

但我会

谁 才 是 胡 同 里 的 小 霸 王

“你妈干吗把你锁起来？”周佳琪爬着梯子坐在房顶上，看着院子里的我。

我被吓了一跳：“你爬这么高干吗？快下来。”

“胆小鬼。”

“我才不是！”

我怎么能被一个女孩嘲笑？于是我气得也顺着梯子爬到了自家屋顶上。但我看着地面，腿止不住地发抖。

“你该不会恐高吧？”

“才没有。你爬那么高做什么？”

“看飞机啊！我来这里就是坐飞机来的，嗖地就飞过来了。”

“我还没坐过飞机……摸都没摸过。”

“以后我长大了、赚钱了，就带你坐飞机，去很远很远的地方！”

“算了吧……其实我有点恐高。”

“以后你就叫我加七好了，我就是你的老大！”

“凭什么？”

“因为你胆子比我小！”

我一脸的不服气，说：“你知不知道我妈妈为什么把我锁在家里？”

“为什么？”

我做了个大猩猩拍胸脯的姿势：“因为我总是揍人，我妈怕我出去打坏那些小孩。”

加七直接白了我一眼：“我觉得阿姨是怕你跑丢了。小孩还爱说大话。”

“你不是小孩？”

“懒得理你。看！飞机！”

我们两个一起朝着那架飞机挥手。

“你快许愿！”

“许愿不应该对着流星许吗？”

“笨蛋！谁还嫌愿望多啊？快点！要大声喊出来才行！”

我深吸一口气，将两只手放在嘴边做喇叭状：“我希望电视机里一直放动画片！永远不要有新闻！换你了！”

加七低头许了愿。我马上抗议：“大声喊出来才行！”

加七说：“不要……”

“你比我胆子小！”

“我想当个男孩！这样爸爸就开心了！”

见加七眼里泛着泪花，我忙说：“我要做个女孩！这样妈妈就开心了！”

她看了看我，没有说话。

“加七，你没觉得吗？其实站在地上看飞机也是一样的。”

“不一样啊，这样你会离飞机近一点。”

“可是我们还是碰不到飞机啊。”

“其实很多东西我们都碰不到，我们能做到的，就是靠近它一点点。”

“我该给弟弟做饭了。”

说完，我顺着梯子往下爬，一不小心踩了个空，整个人直接掉了下去。

我摔成了一个很奇怪的姿势：双手抱着头，屁股直接坐在地上。

过了几秒，我哇的一声大哭，哭声响彻了整个胡同。

狗子莎莎跑过来舔我，不停地围着我转，见我大哭不止，又跑到门口狂吠。

“来人啊，救命啊！”加七站在房顶上大声呼救。

胡同里的卢叔叔撬开我家的大门，赶忙把我抱进他跑出租的面包车里，嘱咐好加七看好我家的大门后，踩足油门朝镇子上的卫生院跑去。

我感到一阵头晕，不知道是嘴角还是鼻子流出了又咸又腥的液体，我慢慢地昏睡了过去。

等到我再清醒的时候，爸妈已经在病房里了。医生在嘱咐爸妈："你们家的孩子目前看没多大问题，就是尾椎骨伤了。先让他打几天点滴吧，留院观察几天。记住不能坐，要么平躺着，要么就站着。你们也是，就这么把孩子一个人锁在家里，真是心大。"

爸妈连忙点头，跟着医生去拿药。

他们不知道我其实醒了，还偷听到了要打点滴的消息。

我虽然能感觉到屁股上的疼痛，但还是努力地从床上爬起来，然后扶着墙，一点点走出门。对于小时候的我来说，打点滴简直就是我一个挥之不去的噩梦。

"我才不要打点滴！"

带着这样的想法，医院里少了一个害怕打点滴的小孩，镇子上的小路上多了个一瘸一拐捂着屁股"逃亡"的小孩。

刚到胡同口，我就看到了加七和狗子蹲在我家门口。

加七看到我，着急忙慌地问："你怎么跑回来了？"

"我妈要我打点滴，我就跑回来了。"

狗子跑过来舔我的手，加七害怕得眼泪直掉。

“没事，跟你没关系，是我自己爬上去的。以后我就是老大了。”

“不然你就去告状吧，就说是我让你爬上房顶的。”

我不屑地说：“这种威胁人的事情我可不做。我发现，我是有尾椎骨的！你懂这是什么意思吗？就是说，我有尾巴！我其实是猴子！我是孙悟空！你懂不懂？难道孙悟空还不配当老大吗！”

加七一脸无语。

就在我跟加七炫耀我的尾巴的时候，爸妈找回来了，身边还跟着医生。他们急得满头大汗，我爸直接扬手要打我，却被医生拦了下来。

“孩子都受伤了，你还打他干吗？这么远的路，这孩子都跑回来了，一看就没多大的问题。我给他开点药吧，就不让他打点滴了。”

然后医生朝我挤了挤眼，我捂着后脑勺傻笑。

“加七，你说我真的是孙悟空吗？”

“孙悟空可是要保护很多人的，你能保护人吗？”

“我能！我以后保护你啊。”

“保护多久？”

“我现在六岁，如果我能活到八十岁，那可以保护你

七十四年！”

“七十四年真的好久好久啊。”

“没关系，我们就在一起好久好久。”

“好。”

人生太短
要做很多浪漫的事情才行

想 带 你 去 银 河 系

“你是风儿，我是沙，缠缠绵绵到天涯……”

整个寒假，我和加七守在电视机前，把整部《还珠格格》追完了。

我问加七：“你喜欢里面的谁啊？”

加七想了想说：“小燕子！而且我讨厌紫薇！”

我抗议：“紫薇可比小燕子漂亮多了。”

“可是她动不动就哭鼻子！小燕子就不会哭，想怎么样就怎么样！我以后就要像小燕子一样。”

“那我就是五阿哥。”

加七叉腰道：“你占我便宜。”

妈妈很喜欢加七，经常留加七在家里吃饭，于是我和弟弟

很嫉妒。

我趴在桌上，拉长嗓音，用筷子敲着碗沿抱怨道："妈，你对我和弟弟都没这么好。你要是想要女儿，自己再生个呗。"

我妈白了我一眼："生你弟都罚了不少钱，再生一个，要我命啊！"

她抱怨完，给加七夹了一块肉，笑眯眯地问加七："你觉得我家这两个孩子，哪个更乖啊？"

加七托着下巴，慢悠悠地回答："阿姨，你这让我很为难啊。太得罪人了，我才不要说。"

我妈见状，点头，一脸满意的笑容："年纪这么小，就这么聪明，跟个小大人一样，真的太聪明了！"

说罢，她还跟加七偷偷耳语起来，我们听不清，只见加七直接红了脸。

"妈，你俩在说什么啊？"

"关你什么事？吃饭。"

某天晚上，我妈刚刚做好饭，想隔墙喊加七过来吃饭，却听见了隔壁的吵闹声。我叹了口气：唉，周叔叔又喝多了。

"妈，你快去吧，不然周叔叔又该砸东西了。"

"你和弟弟先吃饭。"

我妈把手在围裙上一抹，火速跑出了门。

"你这个下不出蛋的母鸡，我要你能有什么用！"

“你别打妈妈！”

“我越看你越来气。小兔崽子，你就算剪个光头，你也是个丫头片子。你是想挨打吗？我连你一块打。”

我没心情吃饭了，偷偷躲在墙边听他们一家吵架。

“你怎么还打孩子啊！周成书，你再打人，我可去找派出所的人了！”

是妈妈的声音。

“没事，柳姐，别报警。就是两口子吵架。”

是宋阿姨的声音。

“你怎么还护着他啊？真是气死我了。”我妈嘟囔着。

“柳姐，你别管了，这是我们的家事。”周叔叔抱怨道。

“周成书，一会儿全胡同都知道了，你不怕丢人啊？听姐一句劝，一家人不容易，我也知道你累……”

我自动过滤了我妈的一通唠叨，不过全胡同的人但凡吵架，都是靠我妈一张嘴解决的。

哇——

加七的一声大哭像洪水漫灌了整个院子。

“我不想你们吵架！”

宋阿姨歇斯底里地吼了一句：“哭什么哭？你爸逼我，你也逼我！”

我顺着墙上的洞偷看，只见宋阿姨一把扯过加七，问了一句很多父母吵架时会跟孩子提的问题："我俩要是离婚了，你跟谁？"

加七哭着说："我谁也不跟！我就想我们一家人都开开心心的！"

这时候我不知道怎么从嘴里蹦出一句："谁也别跟！跟我！我带你走！"

我的话顺着墙洞传过去，宋阿姨直接由怒转笑："你个小兔崽子，学什么不好，非要学人家说情话！"

我妈也跟着笑："你看，我家烬烬多好，你闺女做我家儿媳妇不亏的。"

争吵声算是消停了。

这也是加七家里最近吵得最凶的一次。透过小洞，我看到长辈们都各自回屋，只有加七偷偷跑过来，隔着小洞看我。

"真想像小燕子一样跑到天涯海角去。"

"我可不是五阿哥。我现在已经是奥特曼了，而你就是小怪兽，我带你跑出银河系，我们跑得远远的，让所有的烦恼都追不上你。"

那时候我很小，根本不知道什么是银河系。

我只是单纯地想带她走，一起逃到很远很远的地方，逃到所有的烦恼都追不上我们的地方。

我们在那里，重新生根，重新发芽，重新开花。

星星闪烁的时候
是我在想念你

新的门

“爸爸！我要作为一个男人跟你聊点正事！”我清了清嗓子，然后端正地坐在我爸面前。

我爸皱了皱眉头，好奇地说：“成吧，我听听六岁的男人有什么正事。”

“喀喀！爸，要不你认加七当干闺女吧？这样她爸打她的时候，咱们就有借口把她接过来了。”

我爸摊摊手，说：“儿子，这可不行，你妈不愿意。”

“为什么？妈妈不是一直想要个女儿吗？”

“你妈可从来不把加七当女儿。算了，你太小，不懂。”

“那我妈怎么对她比对我们还好？实在不行，要不我去认周叔叔当干爹吧？反正他喜欢我。他喝多了的时候还说要我当他的儿子呢。”

“我说不行！你们两个不能做兄妹！反正你死心吧。”

我继续动之以情、晓之以理：“爸，你看加七总是挨揍，咱们总不能不管她吧？”

我爸叹了口气：“对，不能不管。”

我直接“踢皮球”：“反正我不知道怎么解决了，要不你想吧？”

我爸眼珠一转，说：“也不是没有解决办法。”

我一听，来了精神：“快说！”

“我现在要考验你了。”

“为什么考验我？”

“为了加七，你是不是什么都肯做？”

“当然啊，我是她的老大！”

我爸看我一脸不争气的样子，也没多说，只是交代我：“这样吧，爸爸给你讲个水滴石穿的故事。”

“别说了，上课老师讲过。”

“那这种呢……”

爸爸偷偷告诉了我他想的解决办法，我听后觉得茅塞顿开，连忙点头。

那年春天，每天我都拎着一桶水对着墙上泼，墙上原本有一个我用油漆喷的红色圆环，在我泼了不知道多少桶水后，圆环终于消失了。

终于等到这一天，我赶忙去找我爸：“爸爸，咱们开始搭棚子吧？”

我爸心领神会，拿着锤子，一锤一个木钉。

等锤到那个红色圆环消失的地方的时候，那面墙被“意外”地打穿了一个大洞。

“哎呀，不好！老周，真不好意思，墙让我给凿穿了。”

周叔叔看了一眼墙上的破洞：“这也不能怪你。毕竟这种土坯墙，时间久了的确不结实。”他又看了看墙，疑惑地说，“可是为什么单独这块的土这么松呢？”

我爸赶紧想理由：“算了，别想了，这墙都破了，一时半会儿也补不上，要不咱们干脆把它修成门算了？

“我总是把孩子锁在家里，给他俩弄个门，他俩和加七还可以一起玩，互相照顾，而且以后咱们两家还可以一起吃饭。反正都是一家人嘛！”

周叔叔点头，拿起工具，开始和我爸一起修门。

“儿子，你给我和你周叔倒点水去。”然后我爸趁机偷偷在我的耳边说，“你知道我用了多大力气才给它凿穿的吗？臭小子。”

我蹦蹦跳跳地走开了。

“加七，你看见这道门了吗？

“以后你爸再打你，你就朝这道门这边跑。

“我就在这道门前保护你。”

12

为了你
很多事情我都是可以破例的

朝　着　前　方　跑

记得有一次上课，老师说做一个游戏，大家传纸团，纸团被传到谁那里谁就唱一首歌。

我刚听到这个提议，心里就有点发怵，默默祈祷着千万不要传到我。但往往事与愿违，怕什么来什么，第一个唱歌的就是我。

当大家的目光全汇集在我身上的时候，我只能尴尬地站起身说：“我不会唱歌。”

这时候同学们就开始起哄，老师也跟着说：“不行，不然游戏没办法进行了。”

我只能一个人戳在那里半天，脸憋得通红。加七见到这个情况，举手说：“我来替他唱吧？”

老师说：“你别总护着他。”

同学又起哄："加七，你怎么就这么护着他啊？"

大家笑成一片，我的脸更红了。

然后老师和同学们继续看着我，我还是说："我真的不会唱歌。"

老师也很无奈，说："《团结就是力量》会唱吧？唱《团结就是力量》。"

听到这句话，我如释重负，立正站好，端端正正地唱了一首《团结就是力量》。

我唱完已经满脸通红，可能是大家都觉得我唱《团结就是力量》无趣，也没人关注我。纸团又开始往下传，传到的人都会唱一两首流行歌。

我看着他们，默默站着，觉得很尴尬，也觉得自己好像破坏了这个气氛，有些自责。

其实，我当时并不是在找借口，我是真的不会唱歌。

初中以前的我，是一个完全沉浸在自己世界里的人。到了六年级，我还在和加七抢电视看奥特曼。我从不追什么潮流，或者说我不知道什么是潮流。那时候我以为，我、加七、读书、电视，就是全世界。

走在放学路上，我偷偷问加七："最近有什么流行的歌或者歌手吗？你给我普及一下。"

加七说："有个歌手特别红，叫周杰伦，他唱的《七里香》

《双截棍》特别好听；还有个组合叫 S.H.E，我最喜欢她们。”

我说：“好，我要追赶潮流。”

回到家，我央求了我妈半天，说想买磁带追潮流，然后我妈大骂了我一顿：“一天天不想着正经学习，买什么磁带！”

我没敢多说话，赶紧从我妈的视线里离开了，不然接下来的场面就会是鸡毛掸子和我的屁股亲密接触。

我正坐在胡同里发愁，加七就把她那个陶瓷小猪储钱罐拿来放在我面前了：“这都是我存的钱，你拿去，买个磁带机，再买两盘磁带。”

“不行，加七，这是你的钱。”

“以后你学会一首歌就唱给我听，就当还钱。”

我一边说着“这怎么好意思呢？”，一边用一砖头砸了下去。

加七急了：“这个储钱罐是不用砸的！后面能打开啊！你赔我！”

最后加七还是没让我赔那个储钱罐，因为那是我送给她的生日礼物，只是我忘了那个储钱罐不用砸。

我拿着加七给我的钱买了磁带，开始听周杰伦、林俊杰、S.H.E 的歌。

午后和放学的路上，一个男孩拉着一个女孩的手，两人的耳边各戴着一个耳机。

这就是我六年级的记忆。

从那以后，我和加七每天都在看那些音乐流行榜，去听最新的歌，疯狂恶补歌曲。

加七一边听歌一边抄歌词，而我看着她抄歌词。

我叹气道：“加七，我还是不敢唱歌。”

“为什么？”

“不知道。每当我张口想唱歌的时候，脑袋里全是同学们嘲笑我的画面。可能我唯一能唱好的，就是《团结就是力量》了吧。”

加七说：“没事，我等你准备好。”

虽然我还是不愿意唱歌，但是加七仍旧努力地抄着歌词。

她抄了厚厚一本歌词，我依然不敢开口唱歌。

加七抱怨说：“你到底什么时候才能把这个磁带机的债还上啊？”

我说：“先存着吧。”

债存着存着，就被我存到了毕业。

毕业那天，每个人都带着同学录，还买了好多零食，大家一起开欢送会。那时候很多人都不知道，那是一次分别。

又到了表演节目的时候。见我没动静，加七一把把我推上去。我又尴尬地站在大家面前，张不开口。

下面传来了同学们起哄的声音：“下去吧，下去吧，我们不想听《团结就是力量》！”

加七这时候跑上来：“窗外的麻雀，在电线杆上多嘴……”我就跟着她哼唱起来。

这是我第一次在人前唱流行歌，和加七一起唱。

你慢慢准备，总有一个人会耐心地等你准备好。

回家的路上，我跟加七说：“我真的好怕被他们嘲笑。”

加七说：“怕被嘲笑，你就努力跑快点，把那些嘲笑你的人通通都甩在身后。”

带 我 走

千禧年初夏的某一天，我见到加七身上又青一块紫一块的。

她又被爸爸打了，她的妈妈阻拦不了，只会在旁边哭。我妈看不过，就把加七带到我家，然后派出我爸去交涉。

加七偷偷跟我说：“带我走吧！我们跑到爸爸找不到我的地方。”

我说：“好。”

于是我趁妈妈不注意，拿了她包里的二十块钱，带着加七离家出走了。

我还给妈妈留了字条：

对不起，妈妈，我偷了你的钱，以后我长大了还你。我现在要带加七离家出走了，我会注意安全的！

我带着加七一路往北跑，也不知道跑了多久。加七气喘吁吁地蹲在地上说跑不动了。

我跑去了商店，拿着仅有的二十块钱对老板说：“老板，给我一瓶汽水。”

等我回去的时候，加七坐在路边，面前是望不到头的金色麦田，偶尔传来蟋蟀的低鸣声。

我把汽水递给她，说：“加七，你看，这多好看。”

加七喝着汽水，我笑着看着她。

她看看我说：“你怎么不喝？”

“我不爱喝。”

加七皱了眉。她太了解我了，何况我咽口水的动作已经出卖了自己。

“我喝不了多少的，咱俩一起喝吧？”加七把喝了一半的汽水递给我。

“嗯，好。”

喝完汽水，我们一起把汽水瓶还给了老板。老板店里挂着一个风筝，加七盯了好久。我摸了摸口袋里仅剩不多的钱，咬咬牙问老板：“老板，风筝多少钱？”

“十五块钱。”

加七拉着我就要走：“太贵了，我们走吧。”

我一动不动，说：“成。”

我说完后老板就在给我收拾那个风筝，加七却用力把我往商店外拖。

“加七，我想放风筝，买一个吧。”

加七看我固执的样子，只能同意：“老板，放风筝的季节都过了，你便宜点卖给我们好不好？”

“十四块钱吧。”

“十块钱。”

老板：“……”

我：“……”

最后我们还是以十块钱的价格买下了这个风筝，还从老板那里要了很长很长的风筝线。

北方的初夏，最好看的景色就是金色的麦田了。

我在后面拿着风筝，加七在前面拉着风筝线，两人在田里跑来跑去。

风筝越飞越高，加七笑得也越来越开心。

我们跑了好久，跑到太阳都快落山了。我和加七躺在田里，吹着风，旁边还有蟋蟀在叫。

加七说：“我们回家吧？”

我很惊讶：“不是要逃跑吗？”

加七说：“不能让你的爸爸妈妈担心啊。”

她这么一说，我确实有点想回家了。

加七说：“没事啦，反正你说过要带我走的呀，而且你已经带我逃跑啦。有时候我们不一定要跑很远对不对？只要你陪着我逃跑就行啦。”

我说：“好吧。”

于是我和加七开始慢慢往家走。天色渐渐晚了，路边的车越来越少了，但不一会儿我就发现了我爸妈。

他们开着农用车，车嗒嗒嗒地响着，停在了我俩身边。

我妈下车搂过我和加七说：“回家！”

坐在车后面，我对我妈说：“妈！我刚才放风筝了！”

我妈看了一眼风筝：“偷拿老娘的钱，你回家等着挨打吧！”

我们到了家，我妈妈并没有打我，加七的爸爸也没有再打她。

我妈妈已经去过派出所了，加七的爸爸被警察教训了一通。

那天晚上，只有我和加七在家待着，双方的父母都不见人影。我俩忐忑地等到半夜，他们才回家。

我妈的衣服都被汗浸湿了，她白了我一眼：“今天老娘太累了，没力气揍你，先攒着吧。”

“这还带攒着的呀？”

“要不我现在揍你一顿？”

“妈，我错了……”

第二天我才知道，原来我和加七放风筝的时候，我只顾着看天上的风筝，却忘了脚下，把人家麦田里马上要收割的麦子弄倒了一片，双方家长连夜给人家扶麦子去了。

那天以后，我妈还是会经常因为我调皮而揍我，但是不知道为什么，加七的爸爸好像变了个人，从那以后再也没有打过加七一次。

也是后来我才知道，我俩跑了一下午，其实只跑去了几千米以外的另外一个村子里而已。

小时候，我们没什么钱，却有勇气逃跑，虽然也就跑到几千米外的地方。

等我们长大了，有钱了，能去全国各地了，却因为生活上的各种压力，再也没有勇气“逃跑”。

成年后，我又一次问加七：“你觉得你这辈子能去多远的地方呢？”

加七说：“我去过的最远的地方，就是千禧年初夏的那天下午，那片金色的麦田。”

我接着问：“重点呢？”

加七默契地说：“重点是你陪着我。”

逃跑的重点从来不是跑到多远的地方，而是和谁一起逃跑。

以后
我想把每一帧关于你的事
都做成一本书
这样翻起来一定很有趣

破　例

小学升入初中放榜的那天，加七拉着我去学校看成绩。

我说：“算了，我不喜欢班里的同学看我的那副样子。”

加七安慰我：“成绩差没有关系。”

我说：“不是，我觉得我考了第一。”

看到我厚颜无耻的样子，加七仍旧保持镇定：“考不上没关系，咱也不至于疯了吧？”她边说边看成绩单，当看到第一名真的是我时，她的眼神和班里其他同学的眼神几乎是同样的：这怎么可能？

我摊摊手安慰加七：“我怕抢了你的风头，所以之前都故意不考好。”

为了庆祝我们圆满毕业，加七的妈妈做了整整一桌家乡菜。

虽然我们两家经常凑在一起吃饭，但我们的胃口是真的合

不来。

加七的家乡菜多甜食，甚至可以用糖水泡饭，我妈他们这种北方人见到这些菜，痛苦地摇头。

而我则是闷头干饭。

爸爸妈妈痴呆地看着我："你不是不爱吃吗？"

加七的妈妈听了这话，也痴呆地看着我："你不爱吃怎么不早说啊？每次你来我家，我都给你做一大堆。"

我擦了擦鼻头的饭粒："这事可以破例。"

从小到大，我最讨厌"走后门"的人，但有一次破例了。

那是我刚刚读初一的时候，我妈毅然决然地要把我送去私立学校。她说那里实行军事化管理，升学率高。毕竟我们这个地方的高考比较难考，学生们从初中开始就得努力。

于是我特别发愁，因为这样的话我和加七就不会在同一个学校了。于是我求着我妈说了半天，最后加七的妈妈也同意她去那所初中。但回家以后我还是愁眉苦脸的，因为我突然意识到，我有可能和加七不在同一个班了。

我又去求我妈妈："你给我们学校的主任送点礼好不好？给我俩弄到一个班去。"

我妈问："你不是讨厌'走后门'吗？"

我强调："这事可以破例！"

然后我妈义正词严地告诉我："'走后门'这种事是不对的，

不管遇到什么情况你都要记得不能破例。而且儿子，我已经看过分班表了，你在六班呢！”

开学以后，我满心欢喜地在班里等着加七，想给她一个惊喜。

结果，我左等右等不见加七的人影，找了半天，发现她去了一班。

她被一班的老师看中了！

我俩都属于人畜无害的性格类型，从来不爱惹事，但自从一起长大，很多事情都可以为对方破例。

比如，我们从来不爱打小报告，因为我们觉得那是一种背叛同学的行为。就算有人在我身边吵闹，影响我学习，我也不会去偷偷打小报告。但我发现有人影响加七的时候，我会第一个偷偷报告给老师。

成年后，我们两个人经常会在一起打游戏，队友偶尔会发语音说各种难听的话。骂我的话，我听了，可能一笑了之；但是听到骂加七的话，我马上游戏都不玩了，直接抱起电脑走人。

加七问我去做什么，我说：“查字典，骂人。”

“你不是不骂人的吗？”

“为了你，很多事情我都是可以破例的！”

梦想

上小学的时候，我是没有梦想的。

那时候我的世界里只有加七，而我的梦想就是陪着加七一起实现梦想。

初中的时候，老师问我我的梦想是什么，我在那一栏写上的是：当作家，写小说。

因为我特别迷金庸。我有这个梦想完全是因为寄宿学校的生活太单调了，那时候学校又特别流行读这些杂七杂八的“禁书”。那时候我们看金庸的小说还被定义成不务正业，就像听周杰伦的歌代表叛逆和非主流一样。

某一天，不知道班里哪个同学从家带来一套盗版的《神雕侠侣》，他把那本书的书脊扯开，分成十几份给大家传着看。其实，这样读书真的很考验记忆力，因为我们分到的剧情都是

一段一段的，如果想知道整个故事线，就得把大概的剧情记下来，然后靠记忆拼接上，就像拼图一样。不同的是你也不知道自己分到的是哪一部分。

后来也有很多网络小说被我们分成十几份看，那种将它们放在教科书里偷偷看的刺激感，使我第一次感受到小说的魅力。到了高中，班里也有同学用MP3（音乐播放器）、电子词典看小说，但好像都没有当时那样看小说叫人怀念了。

读这些小说读久了，我也喜欢去构思剧情了。

当时，我偷偷在一个本子上仿照武侠的剧情写了一本小说，写了好多字，我现在还记得，叫《天门回忆录》。

好巧不巧，有一天上课我拿书的时候，笔记本掉在地上被老师发现了。随后她拿着这个笔记本在班上数落我，骂我整天不干正事，还质问我读小说能养活自己吗？

随后班里又是哄堂大笑。

我对班里的起哄声非常敏感，而且很讨厌别人拿我热爱的东西开玩笑，尤其这个人还是我的老师。

我低着头说不知道，但我好像真的很喜欢写小说。

老师骂了我一顿，顺便在班里进行了一场“思想教育”，内容大致是：你们要好好学习，考重点学校，找个好工作，这才是正事。

随后她就把我那本笔记本扔到教室外面了。我脾气倔，直接跑出去找那个笔记本了，把笔记本捡回来擦了擦就跑到操场上发呆。

晚些时候，加七跑到操场上找我："怎么坐在这儿？"

"老师说我写小说是不务正业。"

"瞎说！你读给我听听。"

然后我就手舞足蹈地给加七讲故事，说在我的故事里有一个大侠，他手拿一柄宝剑，身边还有一个小娇娘……

虽然这是个俗套的故事，但是加七听得津津有味。她就这样听着，安安静静地等我讲完。我读完，她眼中像带着星光一样问我："这笔记能借我读读吗？"

我大方地说："拿去吧。"

过了几天，加七把笔记本送回来后，我发现每张笔记后面都有一张配图。加七在我的笔记本上给我画上了正气凛然的大侠，画上了水灵灵的小娇娘，还画上了凶神恶煞的反派。

加七说："以后你写小说，我给你配图。"

我举举手："一言为定！"

后来，我每写一章小说，她有空了就画配图。

我的文笔越来越好，她画画也越来越好。

我从没有梦想变成了要成为一个小说家，加七的梦想从成为小品演员变成了成为画家。

初中的这件事情，直接影响了我们两个的人生轨迹。

十几年来，我就这样写着，加七就这样画着。

有一次我问加七：“我怎么觉得，即使不是给我的故事画的插画，其他画像也有点眼熟呢？”

加七说：“因为有时候我会把鼻子画得跟你的鼻子一样，有时候也会把眼睛画得像你的眼睛。”

“那我也告诉你个秘密，其实我无论写哪本小说，都会留一个角色给你，她有时候古灵精怪，有时候温柔体贴。”

我们的默契就是，总会给你留位置。

间奏：灰暗又明亮的青春期

坏　小　孩

对于一个初一的学生来说，什么是最残忍的？我想，是平静的生活突然被打破。

2006 年初夏，本是如平常一样普通的一天，却成了我整个人生的转折点。

我很难适应寄宿学校的生活。十三岁的小孩，一个人到很远的地方读书，班里很多同学都闷闷不乐。还好当时有加七，不然我也要适应很久。

本以为我会很平静地过完这三年，但是那天傍晚，我刚和同学在操场踢完球，正往教室里走的时候，加七在路边拉住我：“找你好半天了！你爸来看你了。”

我爸？其实当时我的心里特别疑惑：我爸因为一直在开货

车，每天都要跑长途，所以基本没有时间看我，这次怎么破天荒地跑过来看我了呢？

我跟在加七后面走到学校门口，在那棵大槐树下面看到我爸就坐在那。

这是我爸？看到我爸的第一眼，我其实根本没有认出来。

他理了个光头，脸上还有些没有刮干净的胡茬。要知道，早些年，我爸在我们家那一片，也算是出了名的帅哥。他本人也是特别注意仪表的，会经常打理发型。小时候我经常损我爸，说他爱臭美。所以突然见他变了风格，我还没有反应过来。

不过，惊喜的心情还是大过了震惊，我一脸开心地翻着我爸带来的袋子。我弟坐在我爸旁边，脸色很差，盯得我有些尴尬。

“哥，爸他……”

我爸制止了弟弟说话，然后把饭盒打开，让我和加七好好把饭吃完。等我和加七吃完饭，我爸才缓缓地说：“没事，你不要怕，爸爸就是进去了几天。你不要觉得爸爸是坏人。”

这时候的我才知道，我在寄宿学校的这一个月，我爸已经在看守所待了二十多天。

原因是我爸的货车在路上行驶时撞死了人，当时那个人没等到救护车就直接没了。我弟很委屈地在那里哭：“又不是爸爸故意的。那个人精神有问题，爸爸正常开着车，他疯了一样就朝着爸爸的货车冲过来了。他是故意寻死的。”

直到这时候，我才明白，原来这是无妄之灾。

我爸说：“别说话了。”接着他对我说：“给你试试衣服。”

他把他身上穿着的那件运动服披在我身上，衣服有点大，但他满意地点点头说：“再长高一点就好了，今年一下子长了二十厘米，快赶上你爸了。”

我弟刚要说话，我爸又把一顶崭新的鸭舌帽戴在我的头上。

加七说：“叔叔，他不戴帽子的。”

我爸拍拍脑门说：“我忘了，也不能偏心，这顶给弟弟吧。”

然后他就把帽子扣在我弟弟的头上，交代完，两人就走了。

望着他俩离去的背影，还没有接受现实的我腿一软，差点摔倒在地上。

就这样在学校熬了一周，我才回家。

一到家，我就迫不及待地追问爸爸的情况，妈妈只告诉我：“没什么大事情，你好好学习就行了。”我去求加七的妈妈，她才偷偷跟我说，我爸的老板跑了，车也没有上保险，我爸自己赔了五十多万块钱才被放出来。

2006 年的五十万块钱，这不仅赔上了我家准备拿来开店的积蓄，我们还借遍了所有亲戚的钱。

一下子，我家就成了所有亲戚都躲着的人家。

去学校前，我哭着说，我不去读书了，我去干活赚钱。加七把我拉到一旁，说：“笨蛋，你知道你那件衣服是怎么来的吗？是叔叔出狱后，阿姨买给叔叔的新衣服。他自己舍不得穿，给你了，你就这么不争气是吧？”

我说：“行，我争气。”然后我甩门就走了。

回到学校，不知道是谁传的消息，说我爸杀了人，我是杀人犯的儿子。后来我找到乱传消息的那个同学，扯住他的脖子就想跟他打一架。

那时候加七拉住我，冷冷地看了一眼那个嘲笑我的人：“他就是杀人犯的儿子，怎么样？你找死是吗？”

那个男生没想到加七会说出一句这么狠的话，被吓跑了。

但是谣言越传越凶。浪潮袭来的时候，没有谁在意是哪朵浪花掀起的浪。

自那以后，我的状态变得越来越差。

他们说我是坏小孩？好，那我就坏给他们看。

那天晚上，我就和班里的同学一起约好，翻墙出去上黑网吧玩通宵。

那算是我第一次干坏事。

第二天，我昏昏沉沉地趴在桌子上睡觉，老师拍拍桌子把我叫醒，问我干吗去了。我一反常态，从平时的乖小孩变成刺头：“你管不着。”

老师叹了口气，没说什么。

我低着头，看到身上穿着的那件衣服正是我爸给我的那件，有些惭愧，但又不想在学校继续待下去了。

在学校的每一分每一秒，都让我觉得很难熬。

那几个月，老师给我做了无数次思想工作，最后只剩下一句叹息：“这孩子废了。”

于是，我更加肆无忌惮起来，成绩也从班里的第一变成了垫底。

那段时间，我晚上就和朋友翻墙跑去网吧通宵上网，白天连眼神都是迷离的。我每天都昏昏沉沉的，但是在课桌上醒来的时候，加七都会把早饭放在我面前。

“谢谢你，加七。”我打着哈欠说。

“我不想理你了。”我从加七嘴里听到了失望之意，但是我心里想：我就这样了吧。

还有一个月就要考试了，加七问我：“你要不要学习？”

“我不。”

“绝交！”

“成。”

那两天加七一直没有理我，我觉得加七可能放弃我了。

但是我回头一想，我现在可是坏孩子，不能带坏加七。我家里已经这样了，她还是离我远一点好。

晚上，我和同学正准备爬墙溜出去上网。

当我们正骑在墙上的时候，只见手电筒往我们这边照来照去。我心里一惊：不会被教导主任抓包了吧？

然后，手电筒光传来的那边有人咳嗽了一声，我一听就知道那人是加七。

我问她："你干吗？"

加七拿着手电筒照着我的脸，撸起袖子说："你看，文身。"

我继续问："你到底要干吗！"

"我和你一起出去上网啊！一起变坏！我也觉得当乖小孩没意思。我想通了，你怎么样，我就怎么样，谁让咱俩是一起长大的呢？"

"滚回去。"

加七站在那里说："我不。"

我太知道她的脾气了，于是叹了口气："行，我滚。"

于是我跳下墙，把朋友一个人丢在上面，灰溜溜地和加七回去了。

"没义气！"后面传来朋友愤怒的声音。

我安慰自己：没义气就没义气吧，我只对加七讲义气。

路上，我跟加七说："哪有把贴纸当文身的……文的还是米奇……"

加七说："我喜欢！"

你喜欢就行。

从那天起，我再也没跳出去上网了。

也是从那天起，我知道，我希望加七好比希望我自己好的愿望要强烈得多。

我后来听说，第二天，我班上的同学和网吧里的其他同学都被校领导抓了，全被安排回家反省了，不知道是不是加七举报的……

两个“童工”

“还钱！”“还钱！”“还钱！”

每次放假回家的那几天，我听到最多的话就是这两个字。

之前我爸人缘挺好的，自己也赚了不少钱，但那次意外发生后，亲戚们就像变了一样。

他们之前说的话都不作数了，还在教育我爸：“你家儿子还去私立学校读书，一年学费那么多，你就不能让他出去打工，赶紧还钱？”

我爸就坐在角落里抽烟，抽完说：“我儿子争气，去私立学校读书能考上重点高中。我现在实在是没钱了，要不你看看家里有什么能拿的都拿走，剩下的钱我慢慢还。”

亲戚听到这话，看了看我家，就真的把电视机搬走了。

我爸看他走了，问我：“最近学习怎么样？身体怎么样？

营养跟得上吗？”

我说不大理想，我爸嘬了口烟说：“好好学习，爸相信你。”

我想到前两个月我还天天翻墙出去上网，就非常惭愧地低下头。

下午加七来找我，看到我家电视机没有了，马上就知道发生什么了。

我问加七：“刚才我妈去你家借钱了吧？”

加七说：“没事啊，我们是一家人，我妈妈说要是你的生活费不够了你就刷我的饭卡。”

我当时就直接哭了：“加七，我不想读书了。我想去打工。”

加七一听就气了：“你这小身板，搬砖都搬不动！”

我砖没搬成，回学校后，发现学习也跟不上了。

我看到课本就想睡觉，感觉就像看天书一样，根本学不进去。于是加七天天拉着我看书。中午午休的时候，别人都在宿舍睡觉，加七拉着我在教室上自习。

其实我心思特别乱，成绩垫底，还想着出去打工给父母减轻压力，完全看不下去书。没几天，加七说她有办法——帮人写作业。

她统计了六个班的人，每写一份作业赚一块钱，一天能赚四五十块。而且这样我们还能复习功课，一举两得！

那时候，我就天天中午给人写作业，晚上还在被窝里拿着手电筒给人写作业。

过了没多久，我发现自己已经赚够了一个月的生活费，我的成绩也在慢慢提升。

加七说："有我在，你就永远不要放弃自己，我肯定能想到解决办法的。"

考试终于来了，我开始惴惴不安：我能行吗？

每考完一科，我俩就出来对答案。我成绩的确好多了，但和以前比还是差了点。加七就在那里算分数，说我下一场考试要更努力才行。

考到第二天，我俩突然被老师叫到了办公室。

三班的班主任很生气："我说这字迹怎么这么熟悉呢，原来是你啊，加七！"

原来，三班的老师早就发现自己班里的差生最近不对劲，他们按时交作业就很不正常了，而且字迹还特别秀气。他一直找不到人，今天监考，终于逮到人了。他又去隔壁班转了一下，顺便把我也揪出来了。

我俩在办公室里罚站，老师问是谁出的主意。

我俩异口同声地答："是我！"

老师说："你俩还真默契啊。"

我俩相互偷偷瞄了一眼，暗自骄傲：毕竟上幼儿园的时候我俩就常替对方顶包！

过了一会儿，我的班主任和加七的班主任来了。老师们跟三班的老师说了一下我的情况，他就不打算追究了，只是叮嘱我俩以后不要再做这样的事情。

我们的财路就这样被断了。

加七说：“那老师，我们以后替您批改作业好不好？让我们赚点零花钱。”

老师白了加七一眼：“我一个月工资才几千，你俩竟然打我的主意？回去考试！”

考试成绩出来的那天，我考了全校第三十七名。我虽然考得比以前差了一些，但还是很高兴地去找加七了。

“加七，你是第多少名？”

“第三十名。”

我很疑惑：“你怎么才考了这么点？”但我很快反应过来，“你这是在控分？”

加七很骄傲：“这，就是学霸。”随即她叹了口气，“还是没算好，忘记了还有同分数的了。还好我们是在同一个考场，下次我又能继续监督你了。”

战战兢兢地考完试，加七和我都长舒了一口气。

“要放暑假了，咱俩想想别的办法吧？”

“加七，你说我爸要是知道我学坏了，会不会被气死？”

“我觉得他会打死你。”

“你替我保密。”

“好，我不会告诉叔叔的，因为他会难过的。”

那天傍晚的火烧云很好看，我们两个坐在操场上，加七画云朵，而我陪着加七画云朵。

加七，谢谢你教会我温柔。

我不是任何人，我只是我自己

初二的暑假，加七多了个弟弟。

但这个弟弟来得有些令人意外，以致加七家的事，成了全村的笑柄。

因为加七的爸爸在外面有了女人，这个弟弟是私生子。

于是那个暑假，加七家里每天都在吵。每天有亲戚来调停，每天也有亲戚叹气。

我看不下去了，就带着加七去路边摆摊卖冰棍，毕竟做这个生意，只要能卖出去就行。我是为了贴补家用，加七则是为了逃避现实。

夏天很热，我们经常叼着冰棍，和路边修车的大爷下围棋。

一天下午，我俩看到了一个很熟悉的身影。

按辈分我应该叫她四姨。

在我的印象里，这个四姨才五十岁出头，平时风风火火的，见到我们这些孩子会主动打招呼，还会给我们好吃的，是一个特别热心的女人。

但是那天我看到的她，却是有点疯疯癫癫的，而且还衣衫不整，或者说衣衫褴褛更恰当，就像我们见到的流浪汉一样。

加七很纳闷："这个阿姨平时挺爱干净的啊，现在怎么变成这个样子了？"

修车的大爷抽着烟把车子扶正，说："他男人在外面找了个女人。而且你说气不气？他男人还把第三者接到家里住了，真的是一点王法都没有，她的儿子也不管。于是过了没多久，她的精神就不大正常了，她就变这样了。"

听到大爷的话，加七脸色一沉。我俩是出来"逃难"的，竟还会遇到这样的事情。

我赶紧找机会岔开话题："爷爷，咱们来杀两盘棋。"

于是大爷也没接着说，跟我下了一下午的棋。但是那一个下午，我偷偷看加七，她的脸色一直不是很好。

有时候运气不好真是连着的，因为我们那天看的电视剧也是关于家庭不和睦的桥段。于是我气得赶忙把电视机关掉了。

这时候加七忍不住了，蹲在地上哭，我也不好劝她，就蹲在她旁边拿着蒲扇帮她扇蚊子。

我们俩就这样摆摊卖冰棍，将就着把这个不大愉快的暑假过去了。

虽然加七的父母没有离婚，但私生子怎么办了，后来加七没有提，我也不知道。加七她爸做生意赚了点钱，应该不会亏待那个孩子。

但我还是忍不住偏心地想：她爸可不能因为私生子而亏待了加七。

不过，原生家庭的确会影响一个人的价值观的。

我记得那时候，加七总是叹气说，她再也不相信家庭和婚姻了。

我只能劝她："没有什么绝对的事，你得信我。"

其实我心里特别着急：你不能不相信爱情啊！以后还有那么长呢！

但我不敢说，因为当时加七的状态真的很不好。

所以我又急又没有办法。

加七但凡听到类似的新闻或者故事，比如出轨、私生子、第三者这种题材的，人就变得特别消极。也是从那时候起，我养成了习惯，但凡听到类似的事情，都尽量避免让她听到。

我想当一堵墙，帮她把风雨挡住。等到雨过天晴的时候，她再出来也没关系。

就这样过了好久好久，但凡谈及家庭和婚姻的话题，加七就像一只鸵鸟，永远把头埋在沙里逃避现实。

尤其是她的日记——我偷偷看过，她憎恨她的父母，她憎恨这个家庭。

我很怕她会这样一直想下去。

一直到了高中的某天，我们俩又坐在曾经摆摊的那里一边吃冰棍，一边看着路边车来车往。修车大爷还是那个样子，在那修车、补胎，只不过头发更白了。

大爷跟我俩说："你俩还记得那个疯婆子不？那个疯婆子死掉了！气得吐血死掉了……他们说她吐血吐了一大盆呢！"

我马上条件反射似的捂住加七的耳朵，正当我想转移话题时，加七却伸手制止了我。

大爷一边叹息一边骂，骂着这个世界，骂真有这么薄情的人存在。

我只是看着加七。她这次却没有什么反应，没有愤怒，没有害怕，只是安静地听大爷说完，然后慢慢地吃完手中的冰棍。

吃完冰棍，她站起来跟我说："好啦，我们回家吧。"

路上，我拼命扮鬼脸，给她讲鬼故事，逗她："你今天怎么这么反常？你该不会是疯了吧！别啊！你快搭理搭理我！"

加七笑着跟我说："笨蛋，谢谢你啊。你一直在护着我的脆弱。"

然后她用双手托着我的脸："你知道吗？当时我知道她变得疯疯癫癫的时候就在想，如果我妈妈或者我也遇到这种情况该怎么办呢？所以啊，后来我每次想到这些就害怕，就特别想哭，也怕别人说到这些话题。但是今天听到她去世的消息，我不知道怎么，突然就想通了。

“我当时很慌，但是我一把就抓到了你的手。

“我不是她，我也不是我妈妈。

“我只是加七！我是我自己。”

你保护女孩，我保护你

加七是个从小就喜欢管闲事的人。

初三毕业前的三个月，有一次放假，学校门口挤满了人，我和加七在门口等我妈，这时候门口一阵骚动。

加七他们班有个女生一直被班里的一个男生欺负，这次男生很过分，当着很多的人面，嘲笑女生的妈妈穿着太土。两个人扭打起来，加七跑过去分开两个人，男生直接给了加七一巴掌。

我急眼了，立刻冲过去：“你敢打我的人！”

最后，我们都被停课记大过，但我和加七被特赦，回了教室学习。

加七问我：“你那天说我是你什么来着？”

我急忙岔开了话题。

后来我们上了高中，我和加七同班了半年。

当时我们班有个贫困生名额，竞选名单上有我的名字。

因为名额只有一个，所以候选的几个人为了这个唯一的名额舌绽莲花。其中有个瘦瘦小小的女生说不过他们，因此脸色一直不大好。最后班主任被烦得不行，索性留下我和那个女生：“你俩条件最差，商量一下吧？”

“这还商量个屁，女士优先。”然后我潇洒地离开。毕竟有句话说得好：真男人从不回头看爆炸。

其实我来之前加七就跟我说过了，这个女生有先天性心脏病，从小家里人就把钱拿给她治病了，因此加七希望我让让她。

我白了她一眼：“你就胳膊肘往外拐吧。”

回到教室，加七对我说：“你这不也是胳膊肘往外拐？今天我请你吃果冻。”

加七带着我和那个女生去了小卖部买果冻，那时候的果冻是有刮奖的。

那个女生一直觉得自己心脏不好，可能活不了太久。我当时刮到一张“再来一袋”，就对那个女生说：“中一次奖，多活一年行不行？”

我们连刮了好几袋果冻，运气也是真的好，中一袋打开继续刮奖又是一袋，忘了最后刮了几袋才停。

女生叹口气说：“运气也算不错啦，能多活几年也不错。”

加七一听不乐意了：“人定胜天。我把这箱全买了，你俩给我刮。”

我俩纷纷竖起了大拇指：“富婆真的不一样。”

后来我们读大学，我很不喜欢加七去参加她们学校乱糟糟的学生会的聚会。

其实我怕她接触太多人，就不喜欢我了，毕竟我是个“醋精”。但是加七不听，还是要去，说要体验学校的活动。

有一次他们聚餐，我想加七长得这么好看，性格又外向，得多少男生搭讪她？我在宿舍里越想越气，又很不放心，于是骑着自行车到了北市区，在他们聚餐的饭馆外面等。加七在那喝酒，我就在窗户外面看着她。

我看到加七在替一个女生挡酒，她喝了好几杯，我不大乐意，就直接冲进去了。

我生气地说：“怎么学生会还灌酒啊？”

那几个学长估计也是喝多了：“小男朋友啊？她不行，你来啊？”

我当时一赌气，就将整瓶酒喝了，喝完我感觉味道不对，是白酒……

然后我再醒来就是第二天中午了。

加七给我送了粥来：“昨天的事情你还记得吗？”

“不记得了，断片了。”

“你抱着我的大腿说喜欢我。”

“说了吗？”

“说了也就一百多遍吧，还躺在马路上大吼大叫的。”

她旁边的那个女生还附和：“但加七一骂你，你就闭嘴了。”

我把脸埋在碗里缓解尴尬。

“不过听了你的话，我们都退了学生会。乖啦。”

后来我工作，领导让我带实习生，我成了很多同事里与实习生关系最好的那个人。

有一次，有个女生好像实在忍不了，跑来偷偷问我：“前辈，你干吗对我这么好？”

我很诧异：“对你好还不行？你是不是喜欢受虐？”

女生又问：“那你是想追我？”

“我？追你？你想什么呢？”想了想，我还是跟她说了实情，“我只是在积德。我也当过实习生，也被刁难过，所以不想刁难你们。还有一个最重要的原因，有个女生过两年要工作了，我现在要积德行善，总之让我干啥都行，我希望她能遇到一个好的领导，以后不被刁难。”

“她叫什么啊？我努努力，争取以后做她的领导，好好照顾她。”

“成吧，你加油。她叫加七。”

“好嘞！这个加七一定是你很重要的人吧？”

“不是很重要，是最重要。”

更好的双向保护

我在初三的时候遇到过一阵班里的冷暴力。

起因很简单，我们班一位同学被孤立了，恰巧这位同学跟我一个宿舍，我们两个的床铺也挨着。我俩是舍友，也是同桌。我这个人向来简单，因为跟他关系好，所以不在乎别人的眼光。

我正是因为不避嫌，所以也被孤立了。

后来他们又上升到了语言暴力，因为我姓李，所以他们给我取了个外号叫果子狸。

果子狸是个什么概念呢？我读初三的时候是 2007 年，非典发生在 2003 年，那时候大家认为非典就是果子狸带来的病毒。其实这是挺让我难受的一件事，况且那时候我才十五岁。有的人直接就称呼我为病毒。被人称为一场灾难的罪魁祸首，我还是很介意的。

当时我也想过妥协，但我在和好朋友相处和被孤立之间，选择了前者。

被孤立，会有很多我预料不到的后果。比如，我们宿舍其他人都去参加班里的某个活动了，但我和朋友没去，因为我们两个不知道这个消息，也没有人会告诉我们。所以被罚的经常是我们两个，其他舍友都会统一好口径，说跟他们没关系。

那时候，我的精神状态也有起伏，加七总是问我怎么了。

我回答说，是因为我被孤立了。

那时候加七经常陪我俩玩，但情况也没有改变什么，反而加七还会被连累，受到同学们的指指点点。

有人说我和加七在谈恋爱，说初中生早恋不学好。

加七反呛："你们是谁啊？就在这操心我的终身大事，我妈都不管，关你们屁事。"

我很吃惊："你妈真不管你有没有早恋啊？"

加七脸一红："假的！你想什么呢？现在我们的主要任务是学习。"

这时候我的内心就像坐过山车一样，起起伏伏的。

但日子其实也就这么过着，这些人的话除了让我们觉得刺耳，也不大能影响我们，毕竟我们还有半年多就要读高中了。

事情爆发的导火索在寒假被点燃。

那年寒假，家里说给我买身新衣服。但因为那时候我家里条件还没好起来，所以我推辞着跟家里说不要了，可我妈说我个子高了，也快过年了，我总是要买新衣服的。

于是我妈偷偷把钱塞给加七，让加七带着我去专卖店买了身运动服。

那时候我特别喜欢白色，所以看中了一套白色的运动服，觉得特别好看，就买下了。穿上新衣服，我在家里和朋友玩，碰见在学校孤立我的一位同学，他直接来了一句：“大过年的穿白衣服，你这是在戴孝呢？”

话音刚落，我就扑了上去，后来加七费了很大的力气才把我们劝开。

开学回到学校，我正在自习，那个同学和跟他一起玩的几个同学都在背后说：“怎么总穿白衣服？白衣服不是家里有人去世了才穿的吗？”

搞得我又想跟他们打一架，但是朋友赶忙把我拉走了。

我在外面和加七聊起这个事情，加七安慰我说他们不正常，让我别搭理他们。

第二天放学，吃晚饭的时候，我照例在教室等着加七一起去食堂，等了好久她才穿着一件白色的连衣裙出现在我们班的教室门口。

我赶忙跑过去，给她披上我的外套。我问她干吗，她说：“白裙子好看，谁说不能穿白衣服的？我就白裙子多。”

那时候才初春，其实还是挺冷的，我赶紧把她送回宿舍，等她换完衣服我俩才去食堂。我说：“我知道你什么意思，但天气这么冷，你先把自己照顾好。”

第二天，我就把白色运动服收好，再也没穿过。

加七很生气，不停地问我：“你就这么放弃自己喜欢的东西了吗？你真是个胆小鬼，向这些人妥协。”

我赶忙让加七坐下，用两只手托着她的下巴说：“其实穿什么衣服我都无所谓。我也不是向他们妥协，只是觉得，和这些人计较太无聊了，懒得争。更重要的是，我怕你为了挺我，冻成冰棍。

“其实被孤立这件事我从来不觉得可怕，我害怕的是你不会支持我。

“但幸好，你一直都在。

“我之所以选择‘妥协’，是因为保护，从来都是双向的啊。

“你保护我，我也得保护你，对不对？”

算　命　不　可　信

初中那三年，我家接连出事：出两次车祸、父亲入狱、弟弟直接辍学。

那时候我家也真的算是一贫如洗了，连我读书的学费都得靠借。

我爸妈也没什么不良嗜好，但就是很倒霉，所以我妈在加七妈妈的煽动下，准备带我和加七去算命大师那里算一算命。

我妈听说那是十里八村有名的大师，就带着我去了。父母们算事业，眼看我和加七要中考了，捎带算算我俩能不能考上重点高中。

大师算着算着给我算急眼了。

大师说我家有灾就是因为开了西门，说得可邪乎了，还说不把门堵上我家以后就还有血光之灾什么的，而且还让我们最好现在就搬家，离开这个地方，因为这地风水已经不大好了。

当时我听了那个大师的话，直接就开始骂那个大师："血光你个头！"

毕竟我和加七家的那扇门是我浇了一个月的水，求着我爸爸砸穿的。

"你是在怀疑我，还是在怀疑加七？"我直勾勾地看着大师，问，"那是我和加七的门，你今天却要给我堵上？"

宁可信其有不可信其无，我妈还是因为大师的这通话，狠心地把墙砌上了。

然后她带着我们一家搬到了镇子上，于是我和加七再也不是邻居了。

我不怪我妈，因为当时她太想改变一下现状了。

但是那个老院子，永远是我和加七童年回忆的载体。而那道门，是我曾经拼尽全力保护加七留下的一道门。

当时我和大师吵完，他还要给我算学业。

我眼睛一转："妈妈，你们先出去，这是我的事情，万一算不好我多丢人？"

我央求了他们半天，他们才同意让我和大师单聊，同时嘱咐我不要再向大师发火。

我装成一副痞子样，坐在大师的太师椅上，跷着二郎腿说：

“得了，你也别给我算了。这么跟你说吧，我现在年级前十，肯定能考上重点学校，你一会儿跟我妈说让她放心就行了。我希望一会儿啊，那个小女孩进来的时候，你也跟她这么说，她一定能考上重点学校。还有，告诉她不要早恋。”

大师问：“我有自己的算法，为什么听你的？”

我举着拳头站着，比坐着的大师高了一头：“小老头，我告诉你，你不听话我就揍你！我还天天来你这白吃白喝，一直赖着你！你要是不想给自己找麻烦，听我的就对了。

“你就跟她说，早恋不好！以后有人追她的话，要她千万不要同意！因为她以后结婚的对象，是和她一起长大的一位品学兼优、非常具有正义感的人。你再用你们风水那一套圆一圆，告诉她想要幸福，就得和她青梅竹马、两小无猜的人结婚！知道了吗？”

大师回答：“我知道了，你的意思我懂了。我就给她拆字算姻缘，然后把你的名字写上。”

我说：“不行，你这太明显了啊！”

大师反问我：“难道你以为你说得还不够明显吗！”

其实我也没拿算命当回事，也不知道那个大师是怎么跟加七说的，但是她出来时表现得很平静，我寻思大师应该没按我的话那样说。

当时我们算完就各回各家了。

初三要毕业的时候，我们都流行写同学录，我也到处拿着同学录让同学写，写了满满一本。

晚上我和加七照例在操场上碰面，我抱着同学录，一边翻看一边和加七聊天。

加七生气地问：“你怎么不让我写？”

我说：“这都是我以后见不到面的人写的啊，你我又不是见不到。”

加七抢过同学录：“也没准，你都搬家了，万一以后越搬越远呢？也许见不到了呢？”

我调侃她：“你也有伤痛文学那味道了哦。”

加七没理我，埋头写同学录，写完还不让我看，要我回去再看。

回到宿舍，加七写的同学录资料那页是空白的，只有留言那栏写了一段话：

写给我未来的大作家。你一定要考上一中哦！一定要和我考上同一所高中，不然我跟你没完！你要听叔叔和阿姨的话，当个乖孩子，不要天天上网，多回村子里和我玩，不要让镇子上的灯红酒绿蒙蔽你的双眼！

还有，我希望你做个非常有正义感、品学兼优的人！

我的青梅竹马加油啊！

她生怕我没注意到，还把“正义感”“品学兼优”几个字圈了起来。

正义感、品学兼优、青梅竹马？

这几个词怎么这么熟悉呢？这不是我说给那个算命先生的话吗？

他一个字都没改！

请你，不要怀疑这个世界

中考考完出了考场，我就发觉加七状态不好，但是她还是强装淡定地问我：“终于考完了，咱们去哪玩啊？”

我一本正经地问她：“是不是没考好？”

加七有点结巴地解释：“没有！”

我急了：“不能对我说谎！”

然后她一下子哭了出来：“对不起，我没考好。”

我忙着安慰她：“难过的是你，你为什么要跟我道歉？”

加七难过的是可能和我上不了同一所高中了，我难过的是加七对我说谎。

难过的是她，但她跟我道歉。

也是从那时候起，我发现，我会很在意她，她开心，我也会开心，她难过，我也难过。

后来，成绩出来了，加七刚好过线，之前的担心算是虚惊一场。

那天，我们俩跟父母要了点钱，跑到桥边去吃烧烤庆祝。

我们一起谈天说地，畅聊未来。

加七突然愤懑地大喊："为什么这个世界要这么对我？我爸不喜欢我就别生我啊！为什么这个世界这么多麻烦事！我讨厌这个世界，我想揍它！"

我打了自己一巴掌，问："这样揍够吗？"

加七急忙拉住我，问我疼不疼。

其实当时我心里一直念叨着：我能不能做你的全世界？我不会欺负你的。

这件小事，我以为加七早就忘掉了。直到几年后的高考，那次换成是我没考好。

加七说："笨蛋，这下完了吧？不能和我去一个城市读书了吧？"

我说："对不起。"

加七突然抱了抱我，我有点脸红："你干吗？"

加七说："我替世界抱抱你。"

她也是我的全世界。

再后来，她读研，我跑去北京打工赚钱。

有一天，我刚下班，走在路上，看到她发的微信消息。

“你在干吗呢？”

“刚下班啊，领导太烦人了。”

“你回头看，后面有人吗？”

我回了回头，没看到人，回她：“我胆子小，你别吓我。啥也没有啊。你又骗我，我说了你不许骗我！”

加七气急：“我没骗你啊！我是个子矮啊！”

然后我又回头看，终于在一堆私家车之间找到了她。

她跟我抱怨这里车好多路好乱，我看着她穿得单薄被冻得瑟瑟发抖，赶忙给她披好衣服。

回家的路上，我很好奇地问她：“你怎么突然大半夜过来了，查岗吗？难不成我给你发了其他女孩的照片？”

加七说：“我来帮你感受世界的美好。”

我开始翻聊天记录，终于找到了。

原来是上午工作的时候，我抱怨了句：“这个世界真烦，领导都是‘烦人精’。”

还没等我看完，她整张脸就贴到了我的脸上：“不行，你的世界都是我。你一旦怀疑这个世界的时候，我都会飞奔过来。”

我叹了口气：“你下次不要这么说来就来，你的导师不说你吗？”

“哎呀，你烦不烦？一个大男人婆婆妈妈的，赶紧办正事。”

“啥正事？”

那年北京的夏天很热，但她嘴里的薄荷糖很凉。

那一瞬间，她就像一个刺客，刺杀了所有的蝉，使整个聒噪的夏天得以宁静。

从 小 就 懂 事 的 加 七

自打我记事起，我妈就一直给我不停地灌输这个观念：她特喜欢女儿，但是“很不幸”，她生了俩儿子。

所以自打我懂事起，我就能看出她看我的眼光不大对。再看看我身上的搭配，一身粉粉嫩嫩的，我马上就明白了她的眼神里藏的是什么：是对女儿的期盼！

所以我妈一直把我当闺女养！我到了六七岁，别人还以为我家是有个女儿的。

后来我妈终于不把我当女儿养了，因为我对面的澡盆里出现了一个瘦瘦的小妞。

小妞叫加七，经常被她爸打，因为她爸喜欢喝酒，又非常地重男轻女，一喝醉就更爱闹了。

我经常拐着加七出去玩，我妈也会给我们做掩护。

自从那次我和加七离家出走后，我妈就开始怕我们走丢了，不，应该说是怕加七走丢了。

那段时间，我妈终于不给我买女孩的东西了。她把装扮我的精力，全用在了加七身上。

她给加七买衣服和各种好看的头绳。那时候加七为了让她爸开心，总是留短头发，我妈就买了头绳，给加七扎了很多小辫，说：“阿姨都给你买这么多头绳了，以后你要做个漂亮的女孩。”

从那以后，加七就听我妈妈的话，开始把头发留长了。

我本来挺开心的，因为我终于不用穿粉色的衣服了，但我发现我的衣服并没有增多！

我不开心了，跑去问我妈：“我怎么没有新衣服？”

我妈白了我一眼：“预算就那么多，给加七买了就没你的了。你有意见吗？”

我忙说：“哪能啊？没意见！只要是对加七好，我就没什么意见！”

所以，我还是穿着那些粉色的旧衣服过了好几年！

初三，我妈因为开着三轮车配送冷饮掉进沟里骨折了，还烫伤了。

当时我家还欠着一屁股债，我爸每天都要去跑长途车，晚上还要去工厂赚钱养活我们一家四口。

当我妈受伤在床上没办法动弹的时候，我和弟弟都是蒙的，因为我们两个都是男孩，不知道怎么去照顾我妈。

加七叹了口气，撸起袖子，让我俩滚到一边别捣乱。

我和弟弟就帮加七端盆。

加七一点都不娇气，帮我妈把全身擦得干干净净。

我妈欣慰地说："加七真懂事。"

加七擦擦额头上的汗："您一直把我当女儿，我照顾您也是应该的。"

我妈这时候马上不笑了，说："我没把你当闺女。"

然后她看了看我和弟弟："你觉得我这俩儿子哪个好？"

我弟弟在旁边起哄："当然是我哥啦！加七姐姐，我妈想让你给她当儿媳妇！"

我把盆放在我弟面前："再多嘴你来干。"

我读初中的时候，是我妈送我和加七去学校上学的，以致很多人都以为我们是兄妹。

我妈总是很执着地解释这个问题："不是！"

后来的我和加七明白了，我妈的意思是加七是她理想的儿媳妇。

初三的夏天，我们要走路去另一所学校参加体育考试。

半路上，有同学拍我的肩膀，问那个骑着三轮车的人是不是我妈。

我扭过头，发现的确是。

这时候我妈发现我了。她从车子里棉被下的冰柜里抽出一根冰棍，示意我过去。

那时候的我看着我妈被晒得黑红的脸，突然自尊心作怪，觉得在同学面前下不了台，就直接摇手表示不过去。

其实我妈看出了我眼睛里的失望或者说嫌弃之意，但还是对我笑着说：“好好考试。”

我耷拉着脑袋去考试了，内心觉得很后悔。

体育考试完，我们自由活动，我是自己走回来的。

突然，我发现我妈还在那里，她旁边是坐在车上吃冰棍的加七。

后来到了高中，我们在市里读高中，每月都会坐客车回家。

2010 年夏天，有一段时间雨下得特别大。

好不容易放月假，我和加七坐着很颠簸的客车回家，车刚走到半路就下起了大雨。雨很大，大约半个小时过去，雨水都快没过轮胎了。

我对加七抱怨道：“完蛋了，要淋雨了。”

加七指了指包：“我带伞了，笨蛋。”

还好有加七在，女生总是比男生细心。看着窗外的大雨，我松了口气。

车子行驶到了路口，我隔着车窗就看见远处有个身影。那个身影我再熟悉不过了：她有些微胖，皮肤黑黑的，穿着一双黑色雨鞋，还打着一把大伞，就是平时水果摊摆摊的那种伞。她在雨中艰难地走着，几乎半条腿都淹在水里了。

是我妈。

这时候，加七跟我比了一个“别说话”的手势，小心翼翼地把折叠伞收好，然后拉着我的手，和我一起冲进雨里。

我们三个人打着那把大伞，在雨中一点点向前走，就像水中飘着的一朵蘑菇。

不 留 遗 憾

高一那年冬天，快要放寒假的时候，我感觉自己的眼皮直跳。不知道是不是直觉，我下意识地想到家里可能出事了。

于是晚饭时间，我往嘴里塞着块饼就跑去加七的教室里跟她借手机。

加七不解地说：“干吗？你妈说了不让你玩手机。”

我很着急：“求你了，让我给家里打个电话，我的眼皮跳一天了，我总觉得家里有事。”

随后我给我妈打电话的时候，虽然她一直强调没事，但我能明显地感觉出来我妈在那头结结巴巴的。在我的再三追问下，她只能承认，告诉我是外婆病了，说外婆情况不大好，但没有太大的关系。

我当时就急了：“你还瞒着我！”

我妈说着“没事”就把电话挂了。加七在旁边看我打完电话，也觉得我妈的语气不大对：“我觉得阿姨的确有些慌张，按照女生的直觉，她有事瞒着你。”

我妈这个慌张的样子，让我想到了我初三的时候。

那年外公去世了，去世得非常突然。因为我马上要中考了，于是我妈瞒着我，后来她跟我解释，葬礼参不参加无所谓，只要我心里有外公就行，以学业为重。于是没见到外公最后一面成了我人生中的遗憾之一。

外公和外婆的感情特别好，自从外公去世以后，外婆就一直在生病。

想到这些往事，我又气又恼，但又像个没头苍蝇一样不知道做什么。

上晚自习的时候，我一个人生着闷气，稿纸都让我撕碎了一桌。

我好不容易熬到放学，大家都在往寝室赶的时候，我收拾好东西，打算再去找加七借手机打电话。

但是加七却出现在了我们班的教室门口。

她丢给我一把钥匙：“我给你借了一辆自行车。你一会儿跟在走读生后面，偷偷跑出去就行。我也觉得阿姨在骗你，不过希望我这次是乌鸦嘴。但是我想你还是快点走吧，别有什么遗憾。这边我在呢，你去吧。”

我拿着钥匙骑上车飞奔出学校，边骑边给我妈打电话。

在这通电话里，我妈终于告诉我，外婆病危，他们在医院。我在路边找了个地方把车锁好，打了车就去医院。

我到了医院重症监护病房外，亲戚站满了走廊。那天，我见到了外婆最后一面，虽然她已经不认识我了。

最后她还是走了。

十几年前，她在产房拉着我的手；十几年后，我在重症监护室拉着她的手。

原来产房到病房的距离，只有十几年的时光。

那段时间我很不开心，加七把耳机塞给我，耳机里传来的是周杰伦的《外婆》。

加七劝我："其实阿姨比你更难过。"

我也明白，但我不能原谅我妈妈的做法。

于是因为这件事，我记恨了她好几年。

工作后我越来越忙，心态也越来越焦虑。

有天休假回家，我偶然听到《阿婆说》那首歌，突然发现自己怎么都想不起外婆的样子了。这时候我突然落泪，想起那句"遗忘才是死亡的终点"。

我问加七："如果《寻梦环游记》是真的的话，我不记得外婆了，那她是不是快消失了？"

加七告诉我："可是妈妈会一直记得啊。"

我又问：“那我怎么也想不起外婆的样子了，怎么办？”

“你看看妈妈，她就是外婆的样子。”

“什么时候才能再见到外婆呢？”

“等妈妈变老的时候。”

别害怕黑暗，我在

高三的那段时间我的状态并不是很好。

记得那时候，我每天都会莫名其妙地难过，突然开始掉眼泪。

起初我妈以为我中邪了，还找了跳大神的和算命的来治我。

后来还是加七告诉我妈妈，这个世界上，有一种病叫“抑郁症。”

其实那段时间我的记忆已经很模糊了。

我依稀记得过了几天，我妈带着我去了当时俗称“神六”的医院，那是所精神病院。

我妈在挂号，我就在旁边等。当我看着那些病人被捆在病床上，只能靠医护人员推来推去的时候，我心里冒冷汗。

我非常害怕，想我是不是也要变成这样。

十几年前，抑郁症的概念还没有现在那么普及，当时别人只觉得我这个人精神有问题。

医生给了我好多问题做测试，又测了各类血液指标，最后他叮嘱我妈："这孩子除了重度抑郁，好像脏器还有些问题，我这里开些精神类药物给你，你还得带他去大医院看看。"

于是，我妈又带我去了另一家医院，我被查出了心脏病和胃病。

所有医生的建议汇集在一起，得出的结论是：先留下住院一个月，无限期休学。

我妈急得哭，我也急得哭。

我妈哭是因为她文化程度并不高，医生说的这些她都不懂，她以为我这病没救了。

我哭是因为我觉得家里没钱，我这是在拖累家人。

我们俩抱头痛哭之后，日子还得继续过。

那段时间的我很痛苦，我手上扎着留置针，每天要输六七瓶药。

记得我出院的那天，是加七和我妈一起接我回家的。

当天，她们又带我去了算命的那里。

我一看算命先生就急了：这不就是我初三时给我算命的那个算命先生吗？

我气急败坏地骂道："怎么又是你？薅羊毛可着我家这一只羊薅是吗？"

加七在旁边拉着我的袖子制止我："阿姨什么都不懂，你就让她做一些能让她心安的事情吧？"

我休学了，每天吃着药，对任何事情都提不起兴趣。

看我死气沉沉的样子，加七就把她的电脑搬到我家，让我每天打打游戏解闷。

那时候并不是家家都有电脑，我对加七说不用了，怕把她的电脑弄坏，但她告诉我不用怕，她的就是我的。

每月她都会请假回来看我，帮我补习功课。

那时候我每天的任务就是吃药、发呆、帮加七登录 QQ 提升等级。

有一天，我问加七："你能不能借我点钱？"

加七问借多少，我说一百块钱。

那时候我们每个月的生活费大概有三百块钱，加七属于富婆类的人，每个月有五百块钱。

她直接把一张一百块的钞票拍在我的桌上。

"你不问问我干什么吗？"

"你开心就好。"

过了一个月，我就跑回学校上学了。

加七看见我的时候特别惊讶，问我怎么回事，我笑着说我病好了。

然后我抓着她给我讲笑话，她说我有点反常。

我否认：“没有啊。”

加七问我：“你复查了吗？”

我说：“我好了，不用去了。”

我就这样过了一个月。

那时我们周日有半天的休息时间。

加七约我一起去吃东西，但我拒绝了她，说今天有点事，得忙。然后我就偷偷去了药店，买了十几块钱一瓶的治疗抑郁症的平价药多塞平。

回了班里，我偷偷接热水吃药，抬头却发现加七站在门口。

我走过去问她：“咋了？给我带好吃的了。”

然后我就看着她眼泪大颗大颗地往下掉，她边哭边说：“我一直跟着你来着，你走了我就去药店问过了，你买的那是抗抑郁的药，十几块钱一瓶。”

我低头说：“对不起啊，我真的不想瞒你。但我之前吃的药，要几十块钱一粒，我爸妈就那么点收入，我不想拖累他们了。”

加七抽泣道：“所以你就假装自己病好了？你这样假装开心的行为真的很蠢。”

我继续认错：“对不起啊。我欠你的钱，以后我慢慢还。”

加七哭着说：“不用你还！那个药我查了，吃了对胃不好，你把牛奶喝了。”

我低头一看，她手里拿着一瓶牛奶。

我一边喝牛奶一边继续说对不起。

她气得直跺脚：“你不要说对不起，以后我们有钱了吃好的药，不吃这个了。你不要跟我说对不起，不开心的是你，为什么要跟我说对不起？”

我说：“我怕拖累你，我怕你不理我。”

后来，我们俩开始把攒的零花钱凑在一起。

可是，我俩无论怎么攒钱都买不起一盒上千块钱的药。

加七说：“不吃药了，以后我天天给你讲笑话，让你开心起来。”

我说：“好啊，如果我一辈子不开心呢？”

加七说：“那我就给你讲一辈子的笑话。

“你别害怕黑暗，我在。”

早安，我的公主

终于，高考结束，我做的第一件事情当然就是告白！

我把那些日记准备好，大概是三本。

那里面记录着我们从初中和高中的事情，都是关于我和加七的点点滴滴。

我把日记给她的时候，很紧张，手心都是汗。

加七：“你怎么不早说？”

我不解：“咋了，你有喜欢的人了吗？”

“我等太久了。”

“我妈不让我早恋！”

加七拿着那厚厚的日记问我：“唉，写几本日记就想让我答应你，我该多吃亏啊？”

“没明白你的意思……”

“总得有鲜花，或者告白仪式啥的吧？”

“没有告白仪式，但我有鲜花。”我红着脸打开那些日记，每一页下面我都画了一朵小花，“你也知道的，我每个月生活费只有三百块钱……”

“成吧，暂且答应你了。”我心里的那头小鹿一直在狂跳，她握住我的手，拿着彩色笔继续说，“今后有事情做了，我们把每一页的花都涂上颜色吧？”

我的心跳得特别厉害，加七问我怎么了。

我说被女生握手好紧张。

加七说：“咱俩从小到大，我不是总握你的手吗？”

“这可不一样。以前我们是发小，但从今天起，你是我的女朋友，我的未婚妻，我未来的合法妻子，未来孩子的母亲，还有我妈的儿媳妇。”

“你想得可真远，谁要嫁给你？”

“我想得本来就远，连孩子叫什么都想好了。”

“叫什么，你说啊。”

“我不说！”

“我才不要当你的妻子。”

“那你当什么！”

“当咱妈的儿媳妇！”

后来加七去读大学，我留在老家复读。

没错，她成了我的学姐。

走的时候，加七有一点不开心：“他们都说谈异地恋容易分手。”

我说：“没事的，我会让你每天早上第一眼就看到我。”

加七对我这句话半信半疑，依依不舍地去读大学了。

早晨五点半，上学校早自习前，我偷偷掏出我的手机，发了第一条给加七的短信：“早安，我的公主！你说你喜欢看《美丽人生》，是因为男主角每天都会给女主角说早安，以后你也会有的。虽然我不是王子，但你永远都是我的公主。”

后来，我每天都会在她醒来前发一条早安情话，也会在她每天睡前发一条晚安情话。

一开始我会偷偷找歌词或者网络上的句子发给加七，但是过了一段时间，就被加七发现了。

加七说：“你真当我没听过苏打绿的歌？”

好吧，从那以后，我就开始原创情话了。

这原创情话一写我就写了好多年，后来有同行的作者请教我写这类句子的技巧，我有些难为情，但还是回答了他：

“首先你得有个女朋友。

“每天早上你第一个想到的人是她，睡前想到的最后一个人还是她。你会发现你有很多说不完的话，于是就想给她发消息，每天都让她看到。

“当然，青梅竹马最好了！”

但我从不要求她回消息。我希望她看到，但是又不希望她回复我，因为我怕难为情。

她也明白我的心思，我们两个保持着很好的默契。

有一阵，我作息不规律，总是很晚才发短信给加七。

有一天，大概凌晨三点我突然想起还没发短信，于是赶紧编辑了一条。

过了几分钟，我收到了加七回复我的短信：“早点睡，等你的短信好久了，笨蛋。”

我才知道，她其实一直在等我的晚安短信。

我想让她每天睡醒时看到的第一个人和睡前看到的最后一个人都是我。

她也是。

答应对方的一定要做到，因为她会数着时间等你。

还是那年，有一天我闲着没事，拿出了小学时候的毕业照。

小学的时候我和加七在一个班，拍毕业照的时候她站第一排左边，我站最后一排右边。

我突然发现，原来那时她在偷偷看我，我也在偷偷看她。

我给加七发短信：“你那时候是不是就偷偷喜欢我了？还偷看我。”

加七回我："你不也在偷看我？"

加七一直留的是到肩膀的中短发。

我复读的时候，有次她来学校看我，我摸了摸她的头发说："你头发留长了一定很好看。"

她说："留长头发太麻烦了，好难打理！"

加七为了不影响我学习，后半年我们基本没见面，等我再见到加七的时候，她的头发已经很长很长了。

我说："其实我更喜欢短发女孩……我只是觉得你留长头发好看而已。"

加七给我一顿爆捶。

我又忙解释："逗你呢，你什么样子我都喜欢。"

加七说："你说的话我都当真。"

异地恋挺难的。

我的生日是5月20日，到了那天，我想了个约会的好办法。

我专门请了个假，打电话约她去逛街。

加七问我："异地怎么一起逛街？"

我说："你骑车，我现在也骑车；你去吃东西，我也去吃相同的东西；你做什么，我也去做什么。这就是约会啦！"

那天我们进行了第一次异地约会。

她坐在广场的椅子上看着她城市的落日，我坐在家中的院子里看着家乡的落日。

她替我看这个世界，我替她看看家乡。

也许过往的行人，没有人知道我们在约会。

但我们知道，风知道，云知道，世界知道。

高潮：要尽情享受浪漫

我　要　浪　漫

“人生太短，要做很多浪漫的事情才行。”

我一直以为自己是个对感情很木讷的男生，直到我真正开始和加七谈恋爱的时候，才发觉：我可能是情圣转世吧？

真的，恋爱完全可以改变一个人。

我复读那年，临近高考还有三个月的时候，按理说大家都应该埋头复习备战一百天，每天几十个人挤在一间教室里，在老旧电风扇送来的很容易令人忽视的微风中做着枯燥的试题。

我偏不，我要浪漫。

加七给我发短信说想我了，要是能跟我见面就好了。

我听完直接来了精神，谎称肚子疼跟老师请了两天假，偷偷买了一张票，连夜跑去看加七了。

在那之前，我连我们市区都没出过，而且我还没去办理身份证，只能硬着头皮买了一张长途汽车票。

我要坐八个小时的车……

我看到车票就想吐，因为我晕车！

而且，只有两天假，我基本是当天晚上到，第二天就得往回走。

朋友劝我："何必呢？以后有大把的时间。"

我说："我也不知道，但就是突然想这么做。而且我一刻也等不了了，现在就要去。"

于是，从小就晕车的我，吐了一路到了加七所在的城市。

八个小时的车程，我感觉自己就像在地狱走了一遭。

当然，当脚着地的那一刻，我还是很兴奋的。

因为，我终于和加七在一个城市了！

我还没到加七的学校，就已经晚上十点了。我接到了加七的电话。

她还没来得及开口，我就兴奋地说："我到你学校了！"

加七急了："你在哪呢？"

"你宿舍楼下啊。"

"我在你学校门口！"

场面变得尴尬起来。

我来到了她的城市，她跑去了我的高中看我。

"我明天就得回学校。"

“我也是……”

“你说你都快高考了，瞎折腾什么？”

“那我也舍不得你折腾啊……”

场面再度尴尬。

那时候我在想，我俩默契吗？可能不太默契吧，毕竟我根本没听出来她说想见我了是要跑来见我的意思。我俩不默契吗？可能又非常默契，因为好像同时错过了对方这种事情，只有电影里才能看到。

算了，我们好像见不到面了。

于是我继续给加七打电话，告诉她我在门口保安那里给她留了个礼物。

我说我的礼物是一部电影，要她记得看。

她说她的礼物也是，在学校的后墙上，只有晚上才能看见。

我俩打着哈欠互相道了晚安，谁也没解释清楚到底送对方的是什么。

其实我送加七的算是一本书，是我自己亲手做的一本书。

我拿着我的手机，偷拍了她的一段视频——之前我们两个出去玩，一起坐在山头看日落，我悄悄地把她和落日一起拍了下来。

我把这段视频的每一帧都逐次打印了下来，然后装订成册，当她翻起来的时候，就像在看电影。

加七回到学校后，很快给我发消息："跑马灯！"

我回她："我是不是个天才！"

以后我想把关于你的每一帧都做成一本书，这样翻起来一定很有趣。

我回到学校后，马上跑去学校操场的后墙那里，那是我俩原来经常坐在一起吐槽学习的地方。

夜色逐渐暗了，墙上浮现出几个泛着荧光的数字，还有一行用碳素笔写的小字："笨蛋，你要好好学习，好好吃饭。"

我马上猜到那串数字是用来连接电台的。

回到宿舍后，我找了半天收音机，找到了那个电台。

我等了好久，电台主持人才说："接下来，是来自加七送给 ×× 中学的李同学的《下雨天》。"

这是小时候，我俩经常听的电台。

当时加七就说，等她有钱了就给我点好多首歌，承包这家电台。

电台里传来旋律："下雨天了怎么办，我好想你……"

我给她发短信："窗外没有下雨，但我还是好想你。"

我盼星星盼月亮，终于盼到高考结束。

我想也没想，把志愿都填了加七所在的那个城市的大学，也如愿被录取了。

本来开学日期定在 9 月 10 号，我提前一个星期就准备行李出发了。

我爸问我："不是还有一周才去学校报到？我都没有准备，怎么送你？"

我拿着手里的车票跟我爸显摆："你年纪大了，不要你送我了，我和加七一起走就好了！"

爸爸看着我的行李箱笑着骂我："你这哪里是心疼我年纪大？你就是想和加七一起走！唉，男大不中留。"

嘿嘿，爸爸再见，加七，我来了！

有 双 重 标 准 的 妈 妈

临走前我终于跟我妈坦白："妈！我谈恋爱了。"

我妈的表情不大好，她问："和谁啊？"

我只能说："我这个年龄，不算早恋吧？"

我妈一脸严肃地说："得看和谁！"

我说："还能有谁？加七呗。"

然后我妈很欣慰地说："你个小兔崽子，和加七谈没关系！"

我："妈！你这是双重标准吗？"

因为我们正式谈恋爱这件事，我妈专门为我俩做了顿饭。

虽然两家经常在一起吃饭，但是我妈这副庄重的样子还是给我俩弄得有些尴尬。

我试探性地问："妈，我们不是经常在一起吃饭吗？你搞这么严肃干吗？”

我妈说：“这是加七作为我的儿媳妇吃的第一顿饭！”

我和加七忙说：“这才哪儿跟哪儿？”

我妈急了：“怎么？你们俩还想着分手吗？这么多年都过来了。”

然后她从口袋里飞速拿出一千块钱，塞给加七说：“加七，以前你是你妈妈的女儿，现在是我的儿媳妇。来，给你红包。”

那顿饭我俩吃得都很尴尬，因为后来我妈已经聊到给孙子起什么名字了……

后来我工作了，我妈好像解放了一样，半年都没给我打过电话。

睡觉前，我躺在床上跟加七发牢骚：“你说我妈怎么现在也不想我？跟没我这个儿子一样。按理说我也没做错什么啊！”

加七闷头玩手机，没理我。我这时候醋劲上来了：“你是不是有别的男孩了！为什么不理我，一直玩手机？”

加七把手机屏幕对准我，原来她和我妈，每天都在聊天！

我急了，用加七的手机给我妈发消息：“到底谁才是你亲生的！”

我妈回了我三个字：“你说呢？”

其实有一次打电话，我妈专门偷偷跟我解释过这个事情。

我妈说："加七这孩子，我怕她因为童年的事情变得抑郁，所以我想能对她好就对她好。你也多迁就她，听到没？"

我看了我妈一眼："成吧，谁让你是我的大宝贝呢？我知道了，我会好好对她的。"

最后我妈还嘱咐我："你挂了吧，记得晚上去接加七下班，女孩一个人回家怕不安全。还有我不是你的宝贝，我是你爸爸的宝贝，加七才是你的宝贝。"

说走就走的浪漫旅行（一）

冬天的时候，我和加七突发奇想，想去秦皇岛玩。

由于是临时起意，我们两个都没怎么收拾行李，直接买了车票就到了秦皇岛。

但是，冬天的秦皇岛真的太冷了。我还很傻，约加七去海边散步。

走着走着，加七突然抬起头问我：“你的口袋里是不是很暖啊？”

“应该吧？”

“我的手好冷啊，都冻僵了。”

“那你放口袋里啊……我想起来了，你的上衣没有口袋。”

加七看着我，眼神里带着嫌弃之意，她好像在说“你知道你错过了什么吗？”。

又走了一段路，加七还是喊手冷。

当时的我还是没有反应过来，只能慌张地道歉："不应该叫你来海边散步的，这边太冷了。对不起，我没有考虑周全……"

看着我一脸懊恼的样子，加七叹了口气，可能真的觉得我有些"烂泥扶不上墙"了，于是主动把自己的手塞到我手里。

"笨蛋，你的手就是口袋啊。"

我这才反应过来，赶忙用两只手把她的手握起来不停地摩挲着，增加热量。

我边笑边掩饰自己的尴尬："你看，我这口袋还自带按摩功能呢！"

"那你以后也要一直牵着我的手啊。"

和加七去找酒店的路上，我问加七："你怎么会想到冬天来海边的啊？"

加七说："你不是从小就没看过大海吗？正好赶上最近没有课，就出来逛逛咯。"

真的是这样吗？

我有些狐疑，但我没有找到答案，所以没拆穿加七。

走在路上，我们俩脸冻得通红，找了好久才找到一家开着的奶茶店。点了两杯奶茶，我们就开始在手机软件上找酒店。

"这个太贵，不好。

"这个看着还行，就是太远了。

“这个还不错，但是为什么它家没有平台优惠啊？”

…………

加七一边划着手机屏幕一边抱怨，我却在这个时候理解了她的本意。

冬天是旅游淡季，酒店价格是最便宜的，加七是想到我并没有多少生活费，才会在这个季节出来玩。

看着她在那里抱怨价格，我突然发觉眼前这个曾经花钱大手大脚的小姑娘开始变得越来越精打细算。我开始想，她是什么时候变成这个样子的呢？

可能就是我们俩在一起之后吧。

我这时候一会儿想哭一会儿想笑，表情变来变去，加七看到我这副奇怪的样子，直接变脸骂我：“你在那里想什么呢？还不赶紧挑酒店？好难挑！”

我抬起加七的下巴：“这是我过得最好的一个冬天。”

谁料到加七并不领情，反而甩手给我一个爆栗：“你当是在拍偶像剧呢？快选酒店。”

我们因为一路奔波已经一脸疲惫了，再加上又吹了一路的冷风，到酒店后，我直接躺在床上一动不动。

加七说她要先去洗澡，因为觉得这边的空气又咸又臭。

其实这时候我睡不着，但也不知道怎么办，两个“我”在内心对白：

纠结的我："我也没想到两个人会住在一个屋啊！这该怎么办？一会儿怎么睡觉呢？啊，加七怎么会提议我们只开一间房呢？"

镇定的我："还不是因为你没钱，不能开两个房间？而且再说了，情侣住一个屋也很正常啊！"

纠结的我："她现在在洗澡，那一会儿我该怎么办啊？我要不要也去洗个澡？一会儿要是发生点不可描述的事情该怎么办啊？"

如果你有上帝视角的话，那肯定会看到满脸痛苦的我在床上扭成了麻花。

我思考了很久，并没有思考出什么有价值的东西，反而因为过度思考开始犯困了。眼皮有些沉，我打了好几个哈欠。

我昏昏欲睡之际，却听到了加七的尖叫声。

我急忙站起身，很紧张地跑过去。

我以为是热水器坏了或者她摔倒了，听到这尖叫声的一瞬间，我脑子里想到了一切有可能发生的意外。

我走到浴室附近，却发现她完好地穿着睡衣站在门旁。我越过她看了一眼浴室，也没发现有什么东西坏了，于是一脸蒙地问她什么情况。

于是有了如下让我啼笑皆非的对话：

加七："你看不到吗？"

我发蒙地问："什么？"

她指了指从浴室里飘出来的雾气："这些雾啊！不，这是我下凡的仙气！"然后她一脸嘚瑟地去床上坐下了。

我真是谢谢你呀，加七仙女，我好不容易困了，这下子又清醒了！

接下来我到底该怎么做，谁来帮帮我？

第二天，我本来在床上呼呼大睡，却被屋里嘈杂的动静吵醒了。我睁开眼睛一看，是加七在收拾衣服。

我赶忙起身穿衣，却发现自己昨晚好像连衣服都没脱。也不知道我昨天是怎么睡的，好像拉着加七的手就睡着了。

加七怎么这么早就开始收拾衣服了？她不会是觉得我昨晚太无趣，所以准备收拾衣服回学校吧？

我又不好意思求证自己的猜想，只能旁敲侧击地问："你怎么了？怎么突然收拾衣服了？是想回去吗？"

"我只是想把昨天穿的衣服洗一下。"加七没抬头看我，还在收拾衣服。有些尴尬的我咽了口唾沫，就听她又说："你把身上这套衣服脱了呗，换洗了。"

"这……不大好吧？"我更手足无措了。

加七白了我一眼："你怎么现在变得这么婆婆妈妈的？"

我只能勉为其难地去洗手间换了衣服。

出洗手间的时候，我下意识地洗了洗手，发现水有些凉。

于是我回到房间提议："还是我来洗吧？"

“你洗不干净。”

“怎么可能！我从小给我弟洗衣服洗到大。我弟的衣服有多脏，你还不清楚吗？每次还不是让我洗得干干净净的？”

加七说：“你今天有点奇怪哦。再说了，女孩的衣服是不能让别的人随便碰的。”

“没有，我只是不想让你太辛苦。等等，我还是‘别的人’吗？什么叫‘随便’碰？”

在看我跳脚后，加七没有再逗我，放我去洗衣服了。

说走就走的浪漫旅行（二）

我们这次旅游，正好赶上圣诞节。我洗完衣服后，我们两个走在路上漫无目的地瞎逛，看到路边有个卖花的小女孩，加七拉着我过去想买一朵花。

我边走边说：“肯定特别贵。”

我虽然嘴上这么抱怨，但还是问了问小姑娘。

出乎意料的是，花只要五块钱一朵，并不是很贵，于是我给加七买了一束：“今天过节，我还以为这个小姑娘会坐地起价呢。”

加七白了我一眼：“人也不都是那么坏的啊。”

“你说她这么冷还出来卖花，是不是家里困难？”

“刚才我也在想这个问题，所以才拉你过去买花。虽然有很多骗子，但是万一有一个是真的需要我们帮助的呢？”

“还好，从小我们就一起长大，你不会被人拐跑。”

“瞎说，我这不是被你拐跑了吗？”

“我这个‘人贩子’多好啊！你看，我把你拐走后，怕你挨冻受饿，好吃好喝地养着你。你见过我这种干赔本买卖的吗？”

“我可难养得很呢！”

我摸摸口袋，然后跑到海边大喊：“你放心，我肯定把加七养得白白胖胖的！我会努力赚钱！”

“我才不要变成胖子！”

回酒店的路上，我一直在想圣诞节要买什么礼物送给加七，但是我们一直手牵手走在一起，我实在脱不开身。

而且这几天的我一直处在一个大脑空白的状态，一点主意也想不到，只能在心里默默叹气。

回到酒店，我们把刚刚逛街买来的东西放好后，加七说要给我一个自己出去逛逛的机会，她想去找在秦皇岛读大学的闺密玩。

我心里嘟囔着：你在秦皇岛哪来的闺密？你有几个好闺密我还不知道吗？看破不说破，何况我大概也猜到了加七是要给我准备礼物，于是就同意了她的要求。

她去找她的“好闺密”，我继续去逛逛，让自己空白的大脑充实起来。

但说实话，淡季的海边真的是冷冷清清的，只有一些买旅游纪念品和水产品的小商贩在。那些旅游纪念品我不用猜都能想到加七不喜欢，毕竟在我们一起逛街的时候，加七都没正眼看过它们。

逛了很久，我甚至都没找到一家卖包装好的“平安果”的店。路边的水果店里就剩那么几个已经冻得脱水了的苹果，让人实在是没什么想买的欲望，于是我将眼光聚焦到了店里的西瓜上。

回到酒店，我刚推开门，就闻到一股奇怪的味道。我准备赶紧下楼去找店里的工作人员，却在电梯口碰到了拿着换洗毛巾的加七。

我被加七骂了一顿后，我们回到了房间。原来厕所没坏，只是屋里多了个巨大的榴梿。

我看着榴梿，加七看着我手里拎着的西瓜，两人一时不知做何言语。

“我觉得买苹果太俗气，就买了个榴梿。”

“我也是这么觉得的……所以我买了一个西瓜，而且要的还是最大的！”

“我的榴梿也是。”

“西瓜越大，代表我爱你的心越满哦！”

就这样，我们两个人在嬉笑声中度过了这个值得纪念的圣诞节。

我恍然大悟：最好的恋爱前提是两个人有在认真地奔赴。

不行！我必须要维护你

不知道有没有人和我有同样的遭遇：女朋友经常会问一些奇奇怪怪的问题，强大的求生欲会让你揣测问题里是不是有陷阱，或者有时候你根本搞不懂女朋友到底是怎么想的。

比如，有一次加七问了我一个奇怪的问题："一只羊骑在我身上，你说这是个什么字？"

我只觉得莫名其妙，于是反问加七："为什么羊会骑在你身上？这是公羊还是母羊？是绵羊还是山羊？它的动机是什么？你为什么会被一只羊骑？你是欺负了羊吗？你是惹怒了羊群还是怎么回事？"

我本来想问一连串的问题让加七发蒙，以此来逃避回答这个问题，加七却摆出一副不耐的样子催促我："我只是让你猜一个字啊，你不要想那么多！你好好想一想，到底是什么字就行了。我没那么多套路的！”

我这才如释重负，开始专心猜字，没想到连续猜了好几个字，都没猜对。

最后加七才公布谜底：羞。“羊”下面是一个“丑”字。

得知答案的我暴跳如雷：“你怎么可以说自己丑？你不要有外貌焦虑！你最好看！”

我找了好久，终于从词典中发现了一个字：羮——加七等于美！

没错，大学时的加七很容易有外貌焦虑，经常每天只吃一顿饭或者不吃饭，天天喊着减肥。

我只好以毒攻毒，经常在朋友圈分享一些关于美食的公众号文章，想着等她看到馋得流口水了，自然也就动筷子吃饭了，但成果见微。于是我又开始每天给她分享一些带有“标题党”性质的文章：

《警惕！每天只吃一顿饭可能会让你身体的十个指标骤然下降！》

《能吃才是福气，鲜掉眉毛的那些海鲜汤好喝又不长肉！》

《注意！女生的体脂率和减肥并没有直接关系！》

那段时间我几乎成了“标题党”编辑，每天不厌其烦地给加七分享这些我自己都不信的文章——就像父母每天给我们分享那些养生文章一样，我感觉自己就像一个操碎了心的老父亲。

结果加七仍旧不为所动。

有一天在食堂吃饭，我跟加七聊天："问你个严肃的问题。"

加七突然紧张地说："什么？"

我："明天中午吃什么？"

加七："你不知道我在减肥吗？"

我仍旧一脸严肃："别笑！这个问题真的很严肃。你不知道明天吃什么，这一顿就吃不好，吃不好就会影响你的状态，状态不好就会影响你的成长……"

看到我这副样子，加七觉得有些可爱，说："我已经长大了，会照顾好自己的！"

我："那以后你不吃饭我也不吃饭了，我也是大人。"

加七："算你狠！会威胁人了。"

在我的注视下，加七勉为其难地含泪吃了两个大鸡腿。

加七是个"外强中干"的纸老虎。

我每次和加七去看电影，她都要备好耳塞，因为电影院有些人真的太吵了。

比如，有的人会莫名其妙地把脚伸到你的头上或是座位下面，好像他们不用这个姿势就看不了电影；有的人，会全程吧唧嘴吃着他的爆米花，喝了可乐还要顺便打个很响的嗝，让你怀疑他来电影院到底是来看电影的还是来吃饭的；当然最烦的还是那些全程都在说话并且笑起来很大声，几乎整个放映厅都能听到他声音的人。

所以加七每次都要准备耳塞，到了影院我发现后只能一脸无奈地帮她把耳塞摘下来：“你看电影不听声音吗？”

“对哦！”

我经常被加七这个又蠢又可爱的操作逗得发笑。每当遇到这些乱七八糟的状况时，她还会在我的耳边说：“能不能闭嘴！”

但是因为她的声音极小，能听到的人只有我。

我觉得用现在流行的一个词——“奶凶”，形容她最合适不过了。

于是我取笑她：“你这么说别人又听不到，还不如不说。想凶人家又不敢，你真可爱！”

加七没好气地说：“我不大声说是因为我不想打架。我怕你打不过人家，纯挨揍。”

我没想到会被加七反将一军，于是第二天就拉着加七跑步。

“从今天起，我每天要跑五圈，还要练拳击！”

“你突然发病啊？你自己跑吧，我才不要跟你一样跑得满头臭汗。”

于是我让加七原地休息，看着我跑。

我一边跑一边喊：“我要学拳击！我要保护你！我要把他们的嘴都缝上！”

加七笑着冲我喊：“知道啦！那你能不能歇会儿啊！”

“不行！我必须要维护你！”

遇到一个更好的人怎么办

大三的时候，我被学校派去带新生，大致的工作内容就是建新生群、回答新生的问题、接待来学校报到的新生。

本来这份苦差事是没人想做的，但我被莫名其妙分到带艺术院的新生后，同学们都羡慕我好福气，而我则不以为然，毕竟我有一个青梅竹马的女朋友。

这次带新生的工作中，让我印象最深是一个学妹，她每天跑在我身后喊我叔叔。

我很奇怪她为什么喊我叔叔，她说我比她大，这样就像韩剧里面女主角喊喜欢的男孩大叔一样。然后她说完了还朝我眨眨眼。

顿时我浑身都起了鸡皮疙瘩。

我当时就觉得这个学妹很不简单，撩人的手段太高明了。

新生军训时，我负责给他们班拉桶装水。自由活动的时候，她跑过来跟我说：“叔叔，你做我男朋友吧？”

我先是一惊，然后结结巴巴地说：“我有女朋友了。”

然而她并没有放弃：“那你和你女朋友分了吧，我们两个在一起。”

她这话说得太理直气壮，我都不知该怎么回答，只能放下水，慌张地跑了。

落荒而逃的我回到寝室后用凉水泼了下脸，强迫自己镇定起来。

我之所以这样慌张，是因为在她表白的时候，我竟然有些动摇了。

这时候一个问题浮现在我的脑海里：假如在恋爱中，你遇到一个比你的现任女朋友更好的人怎么办？

经过这段时间的了解，我大致已经清楚了这个女生的情况：面容姣好，举止得体，是舞蹈系的学生，大概率家庭富裕——迎新的时候，她家里是开着豪车送她过来的。

我躺在床上看着天花板发呆，思考了两个问题：她是怎么看上我这种普通人的？以及，我是不是变心了？

人生中第一次遇到这个难题，我很慌张。

“学长，我觉得咱俩特别合适。”

“以后你跟我在一起，啥都不用愁，你都快毕业了，也得好好想想自己的未来啊。”

这些话都是她给我发的消息，每句都直戳我的痛点。

如果这件事不是真实发生在我身上，我甚至会怀疑这是别人臆想出来的故事。

思考再三，我还是把这件事情告诉了加七，并且给她发了一个很懊悔的表情。

加七说：“我给你讲个事吧。之前我刚来读大学的时候，有一个男生也曾疯狂地追求过我。他的条件嘛，也比你好一点点。

“你知道他当时已经疯狂到了什么地步吗？每次我上完课，他都会出现在门口，然后送我一大束花。

“很多同学都羡慕我，毕竟女孩都喜欢花嘛。而且他每天都会送我一束花，就像拍偶像剧一样。

“那时候寝室的人都在劝我和他谈恋爱，毕竟他温柔、富有，还懂浪漫。总之，谁能拒绝一个从偶像剧里走出来的男主角呢？她们都问我为什么放着现成的恋爱不谈，非要等一个复读生。

“那时候我想起小时候的一些事情。有一次你拉着我出去玩，我们玩了一整天，晚上的时候在看河边看星星。

“我对你说：‘要是星星一直在多好啊，每天看太阳都快看腻了。’你却对我说：‘星星好看是因为白天你看惯了太阳啊，但你总不能因为星星抛弃了太阳吧？’

“那时候，我觉得你说的话好有道理。而且真的就是这样啊，每个出现在我们生活里的新面孔，都是突然出现的一颗星星，虽然他好，但是照亮我的是那轮太阳啊。”

加七继续说：“还有一次，我和舍友们去聚餐，下了雨，我们几个都没带伞，特别狼狈。这时候他不知道从哪里得来的消息，跑过来给我的舍友一人买了一把伞。他还特别有心计地让我跟他打一把伞，但是我拒绝了。

“这时候我一个舍友说：‘你看，人家都知道给你送伞，可你的小男朋友在哪呢？早一点答应人家多好，这样以后天天有人给你送伞。’

“我告诉她们，不能这样想，你给我打了十几年的伞，只不过今年没有时间。我总不能因为你这一次的缺席而否定你的一切吧？

“所以你看，好的恋人就是太阳，他能照亮我的天空。

“当然了，太阳也有照顾不到的地方，毕竟他也很忙嘛。

“但我总不能因为太阳没有照顾到一小片阴影而去怪罪他吧？他温暖了我一整天甚至一生呢！

“星星点缀我的夜空，而太阳却温暖我的一生。

“这才是恋人啊。”

“喀喀，说得我都不好意思了。我都成太阳公公了。”

“所以，以后你要一直给我打伞。”

“好！”

学妹再也没有找过我，就好像突然消失了一样。

虽然我们同在一个校园里，但我再也没有见到过她。

后来，我偶尔会在一些杂志上写些短篇文章，也会在起点中文网上写网络文学，有了一些固定的读者群，虽然粉丝不多，但我始终有几个“铁粉”。

有个叫“叶子”的读者，追我的书好久了。她也是我坚持写字的一个动力。

有时候我看自己之前写的文章，都感觉文笔很幼稚，于是试着问她：“你怎么会喜欢我这么一个烂作者啊……也是辛苦你了。”

她回我：“我觉得你的文章和故事写得很好啊！萝卜白菜各有所爱，而且我觉得看一个小作家成长为一个大作家，是一件很浪漫的事情。”

叶子的微信我一直有，我们虽然联系不多，但每次过节都会互相问好。

她这个人特别奇怪，从没有在朋友圈发过自拍之类的，我一度以为她把我屏蔽了。

前段时间，她发了条朋友圈，是她的婚纱照，文案是“我结婚了！”。

婚纱照上的那个女人我再熟悉不过了，就是那个学妹。

原来叶子是她，她一直在我身边，我却不知道。

那天我望着婚纱照在想，她这算是放下了吧？

应该是吧？

她让我看到她的婚纱照的时候，应该就是放下了。

谢谢你的陪伴。

给你的睡前故事

大三的时候，我每天做的事情就是吃饭、睡觉、上课、和加七谈恋爱。

加七每天做的事情就是吃饭、睡觉、准备考研，顺便和我谈恋爱。

虽然她一直鼓励我考研，但我还是想早点工作赚钱。

她问："你的梦想不是读文学吗？计算机又不是你喜欢的专业。"

我说："早一年工作就能早一年赚钱。"

她说："你怎么变成财迷了？"

我说："早一年赚钱就能早一年娶你。"

加七："谁要嫁给你！"

我虽然没有考研，但作为一个考研人的家属，也深受迫害——我上一次过这种起早贪黑的生活的时候，还是在高中。

好巧不巧，加七开始变得焦虑起来，每天的睡眠时间大概只有四个小时。

我望着她的熊猫眼说："不至于吧，考个研不至于这么压榨自己吧？"

她说："我不是刻苦……我是失眠……我睡不着。"

为了让她早点睡觉，我专门租了房子让她复习，只为环境可以安静一点。

但这一切，好像都没有多大用。

为了她能正常入睡，我甚至陪她在操场上跑步，又或者在临睡前陪她喝一瓶酒。

但是，越是这样我们越是兴奋。

所以，在这种焦虑的情况下，我也失眠了。

加七甚至把我踢下床："你滚回学校吧，我感觉咱俩快交叉传染了。"

我说："成吧。"

于是我气冲冲地披上外套，把门一甩就走出了家门。

我走在路上，加七给我发了一个问号。

我回了她一个问号。

坐在路边，我满面愁容，开始在网上搜索治疗失眠的方法。

我给加七发消息：你从窗户上顺根绳子下来。

加七打开窗户，看着傻笑的我，我拿着一袋子零食给她。

“碳水吃多了容易困，要不你试试？”

她没搭理我，把零食吊上去了。

“吃碳水还容易胖呢！你快点！难不成你还想顺着绳子爬上来吗？”

“谢谢老板给的台阶。”

于是我蹦蹦跳跳地上了楼。

加七闷头吃着薯片，而我已经准备好了童话故事集。

我清了清嗓子：“我给你讲睡前故事吧？”

加七：“你这是在哪学的？”

我说：“没有做不到的事情，只有不努力的男朋友。”

加七：“你讲。”

于是我开始讲故事，从《豌豆公主》讲到《白雪公主》，又从《白雪公主》讲到《睡美人》。我都开始连连打哈欠了，结果加七一点困意都没有。

我：“你真的不困？”

加七：“我要不装个困？”

我说：“成吧，那我给你讲个方言版本的吧？”

天津话版本：“话说很久很久以前啊，有个小闺女，她妈妈给她编了个毛线帽子，说：‘以后啊，你就叫小红帽了。我刚弄了套煎饼果子，你去给你奶奶送去。

“小红帽一听：好啊，这不是让我跑腿吗？这女人一看就不是什么好人啊！”

“小红帽能这么想她妈妈吗？”

加七打断了我，因为故事让我改了。

“姐姐，我就是用天津话给您讲故事，怎么您口音还变了？”我反问她。

这时候才发现口音被我带跑偏的加七会心一笑，打了个哈欠：“明天我要听四川话版本的！听到了吗？”加七开始用四川口音跟我说话。

我：“你个瓜娃子，欺负我干啥子？明天就给你讲。”

于是，那段时间我才发现我的语言天赋非常高，因为我把能学的方言都学了一遍，给她讲的睡前故事，也从甜甜的童话，变成了相声大讲堂。

为了让她每天都能开心地入睡，我开始自己动手写起了睡前故事。

因为我发现，虽然网上有很多睡前故事，但是都没有特定的主题，比如今天她胃口不好，我就想给她讲一个大胃王的故事。

“从前有个小姑娘，她失恋了，于是那段时间她暴食，还天天买醉，但是吃不胖，也喝不醉，甚至被人偷偷在酒里下了药，也能安然无恙。直到有一天，她开心起来了，不再糟蹋自己，附身在她体内的那只饿鬼才蹦出来指着她骂：‘以后对自己好一点听见没？附在你身上太难受了！每天都要替你吃垃圾食品，替你喝酒，还要替你吃一些莫名其妙的药！’小姑娘说：‘谢谢你一直保护我。’”

总之，为了让她在不同的焦虑状态下，都有特定的故事可以读，我从一个每天敲代码的程序员变成了写短故事的作者。

于是，加七的睡眠质量变得好了起来。

总之，她考研考上了。拿到传媒大学的通知书的时候，她第一个奔向的，果然是我。

后来，加七告诉我，那段时间她更怕冷落了我。但她没有想到的是，我会想那么多办法逗她开心。本来她不想让我太累，但想到我因为被调剂到了计算机专业而把文学的梦想丢到了一旁，就想让我把这个兴趣继续进行下去。其实她的失眠症早就被我治好了，但是她还是装失眠装了好久。

她问我：“给我讲了那么多故事，你最喜欢的是哪个？”

我说：“就是饿鬼那个。我希望我一直可以保护你，替你抗住所有的风和雨。”

加七说：“‘一直’就是永远的意思，对吧？”

我说：“对！”

加七：“睡前故事你会一直讲下去的吧？”

我说：“会。”

情侣需要的一些暗语

“你好有趣啊。”

“我肚子有点不舒服。”

“我把钥匙丢车上了，咱俩赶紧去拿吧？”

“你明天不是要陪我去医院吗？”

“太堵车了！等我啊！”

“我得带猫去洗澡。”

你以为这是普通的对话，但其实这是我和加七的“密码本”。

有一次，我和加七被共同好友拉去吃饭，同桌的还有一个我们并不认识的人。

本来我们以为去的只是一次普通的饭局，这饭局却活生生变成了一堂思想教育课。

我和加七闷头吃饭，那个人则开始了他的高谈阔论。

他从幼儿园怎么欺负小女孩聊起，说小学怎么给老师捣乱，初中又是怎么逃课，最后聊到大学创业赚了不少钱，到现在自己买了一辆车，一副扬扬得意的模样。他叼着一根烟问我们要不要入股他的新公司，说他的公司现在正是初创阶段，入股后每个人都有期权。

我和加七哪里懂期权？满脑子都是“这个人是搞传销的吧？”的念头。

但是为了朋友的面子，我们还是和气地赔笑，并且暗暗咬牙，下定决心以后再也不来这种饭局了。

那天的饭局场面就是一个人吹牛，三个人赔笑。

当那个人聊到正起劲的时候，加七突然蹦出一句：“你好有趣啊。”

我哈哈一笑，因为听懂了加七这是在嘲讽那个“油腻”男子，但是他不以为然，反而觉得受到了夸奖，继续唾沫星子横飞。

我和加七一脸假笑道：“你好有趣啊，你好有趣啊……”

于是这句话就变成了我们两个应对尴尬场面时的暗语。

临近毕业的那段时间，我们逐渐意识到生活是残酷的，于是花钱也变得节俭了起来。

有一次我们去吃饭，一打开菜单才发现事情有些不大妙——价格高得有点让人望而却步。

加七看了看我，我也看了看她。

信号接收完毕，我点点头，然后捂着肚子说："哎呀，我肚子好痛，你快陪我去医院。"

加七兴奋地搀着我走出了饭店。

等我们走出一定的距离，我佯装生气跟加七说："你演得好差劲！我肚子疼你为什么那么兴奋？"

加七："我是在为省下几百块钱而兴奋。"

"好吧，原谅你了。"

还有一次，我陪加七买衣服，两个人挑了好久也没有满意的，好不容易找到一件合适的衣服，但是加七一看标签上的价格就吓了一跳。她强装镇定，给了我一个眼神。

我瞬间懂了，于是拿出一张银行卡："才两千多，买吧，拿去刷卡。"

"先生，我们店里没有了刷卡机。"

加七抱怨道："怎么没有刷卡机？我好喜欢这件衣服。"

"我们可以微信支付。"

我和加七："……"

场面变得很尴尬，突然，加七摸了摸包，然后冲我喊道："笨蛋！你车钥匙没拿！赶紧跟我去找车！车丢了怎么办？"

然后她就跑走了，我一脸蒙，但还是飞快地跟着跑出店。

我气喘吁吁地对加七说："不买就不买，还假装要买，差点傻了吧？人家都支持微信支付。再说万一真有刷卡机，你给我报销啊？”

加七气呼呼地说：“都怪你装有钱人装得太差了。”

“这不是没经验嘛！”

“但是咱也不能让柜员看不起我们啊！”

我举手投降：“对，你说得对！”

有一次我陪加七去见闺密，结果她化妆化了半个小时都没有化完。

我看了看时间，估计等她忙完还得一个小时，于是开始低头玩起了手机，同时在网易云音乐里找到了属于加七化妆时的专属歌单。

过了没一会儿，加七的闺密就打电话过来了。

加七打开免提，闺密在电话那头怒吼：“你们两个怎么还没到！”

我赶忙打开歌单的第一首音乐，是汽车鸣笛的声音。

加七一边涂着粉底液一边抱怨道：“哎，别催了，路上堵车，你没听到这司机一直在按喇叭吗？”

然后我赶忙切到第二首音乐，是嘈杂的环境音。

“我也着急。我都快烦死了。”

等她说完这句话，我又把音乐换成了警笛的声音。

“我跟你说，这下更得堵了！出事故了！你们等我一下啊，别急。”

等加七说完，我赶忙给加七挂断电话。

“你说他们会信吗？”

“你别每次都放一个音乐人家就信了。”

“那你下次换一个借口迟到好不好？”

真到了下一次，加七的手机一直在响，但是她不想接。

她躺在床上有气无力地说：“现在好多都是无用社交，我不想去啊！”

我点点头说：“明白了，老板！”

于是加七把电话免提打开：“喂，怎么了？”

电话那头传来她朋友的声音：“加七，我们今天一起约个晚饭呗？”

加七打着哈欠说：“好啊，那我们吃什么？”

我跑到门口，隔加七很远，然后清了清嗓子，冲加七喊：“加七，你在干吗呢？赶紧过来收拾东西啊！一会儿我们得给猫洗澡去，你别忘啦，都跟医生约好啦！”

加七装出一脸抱歉的样子：“哎呀，对不起，我忘了还得给猫洗澡呢！今天可能约不成了。”

电话那头的人有些失望：“成吧，改天再约。”

我再蹑手蹑脚地走回去，帮加七把电话挂断。

我一看备注，果不其然，备注上写着：闺密（塑料版）。

这一次换我带你逃跑

我大学毕业那年，加七在北京读研，而我在小城里努力地投着简历。

每个人对于毕业季的感觉都不一样：有的人是抱有对未来的向往，有的人抱有的却是对未来的恐惧和焦虑。

本来，我能在本地的电视台拥有一份特别稳定的运维工作，工资不高，但很轻松。但我想离加七近一点，而且觉得北京的机会也会多一点，于是开始了海投简历。

我一边投简历一边祈祷：只要能有一家公司要我就行。

我跑了北京很多次，才有一家公司肯收留我，工资不高，但是包住，算是省去了房租。

听到这个好消息后，加七请我吃饭庆祝。

我则是耷拉着脑袋：“我是不是特别差劲？连一份工作都

找不到……”

加七忙安慰我：“没有，能找到就是好的开始。”

虽然加七一直在安慰我，但那段时间算是我长大以来最焦虑的时间。

我身陷严重的自我怀疑中，走出门感觉连空气都让人窒息。

答辩后我就要去公司报到了，加七放了假专门来陪我，我们临时租了一个房子。那段时间我每天忙于答辩和毕业手续等事情，加七每天都会给我做一些东西吃。

我答辩完那天，加七拿着两张票神秘兮兮地说：“你要不要和我出去玩？”

我一脸疲惫地回绝：“不去了吧。你把票退了，还能省点钱。我还得准备准备，好去公司报到呢，万一人家不要我了怎么办？”

加七拿出手机看了看日历，算了算时间说：“这不离你报到还有一个星期吗？我们就出去散散心，你先把行李邮回家，我们出去玩。”

我还是有些犹豫。最近的我太焦虑了，根本没有出去玩的心情。

加七说：“你知道吗？以后你都没有寒暑假了。这一周，是你作为一个孩子最后的时间。工作以后，你就再也不是一个小孩了。所以，给自己一周‘逃跑’的时间吧？”

她一边提议一边撒娇，我看着她真挚的眼神，想了又想，捏着口袋里刚发的实习工资，点了点头。

我们打算去天津坐飞机，加七提议在天津玩一天。

由于是晚上的飞机，她订了早上到天津的高铁票。

早上五点我们便起床去车站了，折腾了一个小时，总算到了天津。

满脸疲惫的我连连打着哈欠，加七坐在地铁上望着窗外发着呆。

穿过隧道的地铁叫醒了还在沉睡的城市，咸蛋黄似的太阳刚刚跳出地平线，阳光就肆无忌惮地洒在了加七的脸上。

我脑袋里紧绷着的那根弦突然就松了下来。

地铁刚刚行驶了一半，加七就想拉着我下车。

我赶忙说："这不是还没到吗？你困糊涂啦？"

加七指着远方说："海河！"

我们匆匆下了车，加七拉着我在海河边狂奔。我看着她兴奋的样子，突然感觉像回到了小时候，我们俩在那片金色的麦田里奔跑。

跑了好久，两个人终于筋疲力尽。

加七说："我带你吃大餐！"

我们找到一家煎饼果子摊，加七问阿姨能不能多加几个蛋，阿姨说加多少都没有问题。

加七问能不能加八个，阿姨说她试试。加七又问能不能加十个，阿姨直接挑眉，脸上满是“你这小姑娘是来砸场子的吧”的表情。

最后在加七的请求下，我们俩一人抱着一个加了十个鸡蛋的超级煎饼果子蹲在路边大快朵颐。

吃饱喝足后，加七带我去了滨海大道。

一路上她都很执着，说一定要来这里看看。

到了这里，我发现这只不过是一条普通的商业街，到处在卖打折的运动品牌，小吃也随处可见。

我们走着走着，路的尽头出现一座教堂：天津西开大教堂。

这时候我才反应过来，怪不得我出门的时候，加七一直强调让我穿黑色的衣服出来。

此时的她穿着白色的连衣裙转着圈，我了然一笑，拉着她的手就往教堂里面跑。

跑进教堂后，我清了清嗓子：“你愿意娶加七为你的合法妻子吗？”

“哎呀，神父不是这么说话的。笨蛋。”

“我不管，我又不是真的神父。那我重新来。我想娶加七作为我的合法妻子，可以吗？”

“谁要嫁给你？我才不要呢。”

我一把将加七抱住：“谢谢你。”

我们的天津之旅结束了，去往目的地的飞机起飞了，座位

上的加七很快入睡了，呢喃着：“我愿意。”

望着窗外逐渐消失的城市和身边睡着的加七，我猛然发现，原来，远方一直都在远方，也许我们永远都到不了，但身边有愿意陪我们去远方的那个人就好。

谢 谢 你 一 直 照 顾 我

记得中学时候，我和加七经常拿着一本旅行游记翻来翻去，那时候我们就对彼此承诺，以后有钱了，一定要把这些地方全都去一遍。

当我们再翻出这本发黄的旅行游记的时候，扉页上写着我们两个的字：

还在一起吗？

我和加七相视一笑，在下面写上：

还在一起，2016 年 6 月。

贵州贵阳，一个从没在我们计划里的城市。

只是因为天津到这里的机票最便宜，我们就来了。

跟随着网上找到的攻略，我们开始了第一次真正意义上的远行。

没什么旅行经验的我们直接找了家小店，要了一份酸汤牛肉。本来没什么食欲的两个人，被服务员拎过来的木桶吓了一跳——半个木桶的饭。

我和加七连忙拒绝：“我们知道你们是好意，但我们真的吃不了那么多。”

结果服务员笑嘻嘻地安慰我们：“是过来旅游的吧？放心，米饭不收钱。”

盛情难却，我们只能收下。

这时候旁边坐着的一个大哥跟我们搭话：“我跟你们说，我刚来的时候也觉得吃不下。但是等那酸汤牛肉被端上来你们就知道了，老下饭了。”

我听这个大哥的语气，觉得他是东北人，聊天以后发现他是离婚以后过来旅行的。

因为我们和大哥聊得比较投机，大哥索性直接搬了椅子过来，和我们一起吃饭了。

果然如大哥所说，就着酸汤牛肉，我们吃了整整一大碗饭。

大哥喝了几杯啤酒，就开始发牢骚：“年轻真好啊，我和我前妻以前也来过这里。如今啊，唉……”

我和加七默默点头，不知道怎么搭话。

过了一会儿，大哥突然抬头问我：“你俩想吃烤红薯不？”

我俩摇摇头：“这个天气，哪来的红薯啊？”

大哥说：“这个季节山里冷，你总得让自己暖和点。早些年我和前妻在浙江，那边冬天老冷了，也没什么暖气，冷风一个劲地往袖子里钻。在接她下班的路上，我碰见了卖烤红薯的，就偷偷买了一个烤红薯夹在胳肢窝里，等到了接我前妻的地方，就偷偷把它拿出来。你们知道烤红薯什么时候吃最甜吗？最冷的时候吃最甜。”

我问大哥：“这塞胳肢窝里，它不得有味道啊？”

大哥笑了笑：“你还挺幽默。”

旁边的服务员开始搭话：“路口就有卖烤红薯的，你们可以去买。”

听服务员和大哥这么一说，我也开始有点馋了，于是和加七说：“你在这里等我，我去买红薯回来。”

大哥塞给我五块钱：“给我带一份。”

山里的确有些冷，我冻得瑟瑟发抖，于是也把烤红薯塞在腋下，回来却发现大哥和加七不在了。

我一惊，赶忙问服务员。服务员告诉我加七去上厕所了，至于大哥去哪里了，他就不知道了。

我等加七回来以后，发现我们的背包不见了。我俩一下子就反应过来了，大哥把我们的背包拿走了！

加七又急又气：“当时我想上厕所，大哥跟我说‘你去吧，我给你看行李’，没想到他把我们的包背走了。”

我只能安慰她说：“反正包里也没有多少东西，都是一些换洗衣物。”

加七哭着说：“可那本游记还在包里啊！”

我们找了好几条街，都没发现大哥的身影。转眼已经凌晨了，我们两个只能垂头丧气地走回来。

加七打了个喷嚏，我才想到我还有两个烤红薯，于是递给她一个：“吃吧，最冷的时候才最甜。”

加七笑出声：“你说他哪句话是真的，哪句话是假的？”

我说：“我不知道，但我想起一句话：红薯捧在手里暖手，吃在胃里暖胃，只不过……”

“只不过啥？”

“吃多了容易放屁。”

“你讨厌！”

那时候，拿着两个红薯走在街上的我们虽然有些狼狈，但脑子里都是关于两个人的未来。

旅行结束的时候，飞机刚刚落地，加七就给我讲了一个故事。

“有个词叫作‘成田分手’，说的是日本有个机场叫成田机场，这个机场算是一个旅行枢纽站，很多人旅行都会路过那里，回家或者出发。很多情侣回来的时候，就在那里分手了。并不是因为这个机场有诅咒，而是因为很多情侣在旅行过程中，发现了对方好多的缺点，有的缺点是他们难以忍受的。旅行是最容易让情侣分手的。”

加七问我：“你知道我是什么意思了吗？”

“你要跟我分手？”

“我是说，你很合格！跟你旅行我很开心，你要一直坚持下去，听见没？我需要你。”

“不分手就是一直在一起啊！那么，我们是不是可以去结婚了？”

“你想得美！”

被女朋友套路的那些日子

在北京工作的一年多，我在通州租了一个带阳台的小房子，房租不贵，交通也还算便利，而且那房子离加七的学校不远。

于是我们两个人过起了一段甜蜜幸福的同居生活，我也过上了被加七套路的日子。

早上起床前。

加七："我有点头晕怎么办？"

我着急："那要不要去看医生，我带你去医院？"

加七："不用……我稍微休息一下就好了。所以，看在我生病的分上，晚上你煮饭吧？顺便把碗洗了。"

我："行吧……"

其实加七就是不想煮饭也不想洗碗！

晚上睡觉时。

加七：“宝，我好像听到了一个奇怪的声音啊。”

我从床上跳起来：“咋了？”

加七：“我听到阳台上有声音，好像有东西掉下去了，你快去看一下啊！”

我急忙光着脚下床，咚咚咚地跑过去看了看：“没有东西掉了啊。”

这时候加七在房间里面喊：“收一收衣服，顺便帮我把内裤收进来，谢谢！”

成吧，你要是直说让我收衣服我也不会拒绝啊！

加七有次想喝可乐，于是半夜把我的烟藏了起来。

我犯了烟瘾，找不到烟了，急得团团转。

她急忙安慰我：“吸烟有害健康，但是看你最近太辛苦，你去楼下买一包烟吧，我给你出一半的钱。”

我开心地应好。

后来加七估计我已经到商店了，打电话给我：“宝，给我带瓶可乐、一包薯片，还有一整条 AD 钙奶。”

“报销吗？”

“不报。”

“不买。”

“那我不开门。”

“买买买……”

我最近压力大，抽烟比较多，加七想让我戒烟。

我下班回了家，就看见她频繁地往洗手间跑。

我忙问：“怎么了！”

加七说：“我最近呕吐得厉害。”

我又惊又喜：“难道我要当爸爸啦？”

她说：“唉，可怜我的小宝贝要吸二手烟了。”

我马上把烟扔到垃圾桶，说：“我现在就戒。”

加七开心地在床上跳来跳去。

我吓了一大跳，赶忙说：“你轻点，别动了胎气。”

“我骗你的。我就是最近肠胃不好。”

“那你说我的小宝贝要吸二手烟了？”

“我们总会有的嘛！而且，我也是你的小宝贝呀。”

“算你会说话。”

加七在那里玩着游戏，突然喊我：“宝，打游戏吗？”

我斩钉截铁地说：“不行，你太菜了！”

加七开始撒娇：“我一点都不菜的，我妲己（游戏里的一个角色）玩得可好了！”

我仍旧拒绝：“咱俩不在一个段位，没法打。”

加七打滚道：“不行，那我不玩了。”

我赶紧安慰她：“你不能这样对待你的四个队友，即使再菜，也要打完。”

加七叹了口气：“那好吧。那你帮我把袜子洗了吧？我在打游戏，没有空。”

我大手一挥：“没问题！”

洗着洗着袜子，我才反应过来，原来加七只是想让我给她洗袜子！

久而久之，我也有了同样的套路来对付加七，于是我们过上了互相设套的日子。

有一天早上起床。

我：“哎哟，我嗓子痛、头晕、鼻子塞住了。我要感冒了，怎么办？好恼火啊！”

加七白了我一眼：“又想骗我给你买早餐？”

我摸着喉咙的位置，跟加七说：“真的，不信你摸一摸。你听一下我的声音是不是变了？喀喀喀。”

加七很无奈：“行，我出去买。你要吃啥？”

我：“我要吃楼下那家的酸辣粉、馒头。随便买点喝的，可乐就行，再帮我带包烟。喀喀喀。”

加七：“感冒了也能抽烟？你自己买去吧！”

有时候我惹加七生气了，她会半天都不搭理我。

我：“好啦，好啦，我晚上散步的时候带你出去买水果行不行？”

加七：“既然是你自己说的，那我就不生气了。”

晚上我们俩出去溜达的时候，我就刻意不往卖水果的那条路去。

加七：“不是说好买哈密瓜的吗？”

我：“你看这里也没有水果店，下次买。”

加七：“你这个大骗子！”

网购买衣服时。

我：“宝，你要买衣服吗？”

加七点点头：“前几天我正好在网上看到一件裙子，打算买它！你好懂我！”

我：“那就买呗。我也看到了一件很好看的衣服，你一起买了吧，前几天我就加到你的购物车里面了。”

加七打开手机看了看购物车：“我看看。你这不是男装吗？”

我点头：“嗯，这是我给自己看的衣服，你付款的时候一起付了吧，你刚刚答应了的！”

加七：“……”

在夜市溜达时。

我："你给我买件 T 恤衫，我晚上给你煮红烧鱼。我的厨艺你也知道，我做红烧鱼一绝。"

加七："你可别骗我。"

我："这次保证不骗你，我发誓！"

加七一开心，就给我买了两件新衣服。

第二天，一整天她都在问我什么时候出去买菜，我趴在床上说："我好累啊！我今天要上班，不想煮饭，明天、后天也不想煮。你打我一顿吧，我不想煮了……"

加七："你又骗人，你这个大骗子！"

我："除非你给我按摩，我再考虑考虑！"

加七掐了掐手指关节，我赶忙举手投降："好好好，做做做，鱼我早就买好了，就在冰箱里呢。"

某天晚上，我打游戏打得特别认真，加七也没来打扰我。

不知道过了多久，输了好多把游戏的我一脸哭兮兮地跟加七说："我已经连续输了三天了，段位从星耀二掉到铂金二了！呜呜呜，你来陪我打一把嘛，我已经十五连败了！"

加七："我不。你不是一直嫌我菜吗？现在需要我了？我就不！"

我往地上一坐："陪陪我嘛，今天晚上不赢回来我就不睡觉了。"

加七："不要，你当初嫌弃我，现在别妄想了。"

过了一会儿，我见加七依然不为所动，于是躺在地上打滚，然后把加七一把抱得紧紧的："哎呀，我头好痛啊，要和加七打游戏，还要加七亲亲才能好。"

加七无奈地道："那就打一把，明天我还要去上课呢！"

和 父 亲 和 解

加七的父亲生病，是我先接到电话通知的：“加七的爸爸病危，你们快回来吧。”

收到消息后，我急忙从公司往家赶。

到家以后，我发现加七在不急不忙地做着家务。

我进屋换鞋的时候，她在擦桌子，等我换好鞋，她还在擦那张桌子。

“别擦了，这要是人的话，就被你擦掉一层皮了。”我试着缓和气氛。

她没理我，仍旧在擦着桌子。

我知道加七在想什么，虽然这么多年她和她爸的关系有些改善，但她还是在赌气。

就像她当初来北京，也是执意要来的。

加七的爸爸在南方做生意，要给她安排工作，她拒绝了。

“你知道我爸并不乐意我们在一块吧？”加七停下来，慢吞吞地说。

“我知道。他觉得咱俩从小玩到大，更像兄妹，不像情侣。”我回答。

加七冷笑着说：“其实他这个人势力得很，一直都这样。别看他和你家亲近，还不是因为当时我们搬到了你们这边，没什么朋友？他那生意刚有点起色，就把我们娘俩丢在了北方，跑回南方赚钱去了。他除了生活费没差过我，哪有尽过父亲的责任？”

“你别这么说你爸。这年头大家为了生活都挺不容易的。”我安慰她。

加七说：“也就你当真。他为了不让咱俩在一块儿，想过不少馊主意，只是你不知道罢了。我就奇怪了，他到底是怎么想的呢？我觉得吧，他这次又在骗人，准是想把我骗回去，然后囚禁起来。”

“怎么可能？谁会拿生命开玩笑？”我给她看了一眼手机，“你看，是你妈妈给我发的消息。”

加七白了我一眼：“你傻啊。他装病危，肯定会让别人发消息啊。他给你发消息他还叫病危吗？”

“可你如果觉得他在装病，为什么一直在擦这张桌子？你根本没有心思擦桌子。”我太懂加七了。

加七的手一哆嗦，抹布掉到了地上。

“万一他真病危了怎么办？”加七蹲在地上哭了起来。

我走过去，和她并排蹲着：“我知道你在怕什么。你还记得吗？大学的时候，我和我爸吵了一架。”

“记得。”

“其实那天我把我爸气到了，他喝了好多酒，骑着摩托车就出去了。然后他就出车祸了，在医院里躺了一个月，断了四根肋骨。再晚一点送医院他人可能就没了。”

“你没告诉过我。”

“我哪有脸说啊？那次，我和他吵完就气冲冲地回学校了，直到我妈告诉我这件事，我才意识到，原来人真的可能说没就没。

“我记得有那么一句话：父母在的时候，我们和死神隔着一堵墙，父母不在了，我们就直面死神。他们一直在保护我们，直到最后一刻。你是在害怕你爸离开你，害怕死亡。

“你爸虽然在你小时候重男轻女，但也只有你这一个女儿啊。他可能早就后悔了，但没有机会道歉。男人嘛，都嘴硬。”

加七颤颤巍巍地说：“你陪我回去好不好？”

我拿出车票给她看：“你看，我早就买好车票了。赶紧收拾东西，我们一会儿就去车站。”

出租车上，加七望着窗外的街道发呆。

其实我们两个都没有做好准备，谁也没有想到会有一天真的收到父母的病危通知书。

不知道说什么，我就开始找自己的几个银行账户。

招商银行、建设银行、农业银行，加上支付宝，大概有几万块钱，我不知道够不够。

我又在网络上查了下ICU（重症监护室）的费用，仔细一算，原来我这点积蓄，可能只够住两天的ICU。

希望我的担心都是多余的。为了不让加七担心，我没有拿给她看。

加七问我："如果治不好怎么办？"

我说："我不知道。我也是第一次经历这些。"

"我以前想过，我如果得了大病，那绝对不要治。"

"为什么？"

"因为治病要花钱啊，要花很多钱。我不想欠债，也不想你欠债。我更希望你有钱过好余生。我才不要在病房里度过下半辈子，假如哪天我病了，快死了，你帮我拔氧气管。"

我被气得不行："可我不要和钱度过余生，我要的是你啊。"

"而且我也不想拖累以后的儿女，他们还有自己的生活。"

"那我就多赚点钱，不用花他们的钱。"

"不要，你不要太累。"

"加七，你不想拖累儿女，可你想想，也许你爸爸也是这样想的呢？”

加七陷入了长久的沉默。

“其实……”我欲言又止。

“怎么了？”加七问。

“我也想过你这个问题。我在想，咱们要攒钱买房子，可能以后还要买台车，就像很多普通的家庭那样过一辈子。我觉得这样也挺好的，但我又在想一个问题，如果父母病了怎么办？我们哪来的钱？我这几年工作了才发现，当大人真的好不容易，要顾及父母，还要顾及家庭。我想过，我如果把钱攒下来，留给父母治病，这样是不是对不起恋人？但是我如果把钱全部用来买房子，是不是又对不起父母？”

加七叹了口气：“这是一个很难抉择的问题。”

“对啊。曾经我也想过赚好多好多的钱，后来发现我只不过是一个非常普通的人。你知道我那时候的感觉吗？”

“什么感觉？”

“我很绝望，这辈子都没这么绝望过。曾经我真的以为自己可以改变世界，但后来，发现改变自己都很难。”

“你已经很好了。”

我们到了医院，加七的妈妈就坐在病房门口。

我爸妈也很快赶到了，加七的妈妈哭着说：“如果你们没有来，我都不知道怎么撑下去。”

眼前的这个女人，从小就对我很好，就像我的另一个妈妈一样。她哪怕婚姻不幸福，也没有抱怨过，但是这一刻的她显得那么脆弱、无助。

加七拉着她的手安慰，我妈也在旁边劝。

“我早说过让他不要喝那么多酒，他非不听。”加七妈妈掩面哭泣。

我爸则叹了口气：“老周啊，其实挺惜命的，这次肯定是为了成大单才这么喝酒的。”

听到这些，加七却说：“赚这么多钱有什么用？又带不进棺材。”

我妈说：“他知道带不走，是要多留下一点啊。”

加七又陷入了沉默。

我把银行卡给加七妈妈：“阿姨，这里一共有三万多块钱。我刚工作没多久，就这么一点钱，你先拿去吧。”

加七妈妈把卡还给我：“你们留着自己花，我们还有积蓄。”

我妈也在叹气：“老周这还是有点积蓄的，换成普通人家，一场大病会把整个家都掏空的。”

听到这话，我马上泄了气，因为我家就是这样，生不起病。

我爸就骂了我妈一句：“有钱没钱都得治病，你说这话不是给孩子压力吗？”

“家属签字。”白衣护士拿来一张纸，纸上最显目的几个字是“病危通知书”。

我心里咯噔一下，加七的手拿着笔颤颤巍巍的，怎么也下不去笔。

加七妈妈反而有些淡定，从加七手中拿过笔，写下了自己的名字。

护士走了很久，加七还是伫立在那里，一直保持着拿笔的姿势。

我走过去，扶着她坐在椅子上。

这时候我才发现，加七的腿已经没力气了，整个人瘫坐在了椅子上。

“你爸好了的话，你跟他好好聊聊。”

“好。”

幸运的是，加七的爸爸没过几天便从 ICU 转到普通病房了，这也算是虚惊一场。

我那天陪着加七去看她爸，加七的爸爸拉着我和她的手说：“你俩在北京怎么样？”

加七听到这话，眼泪簌簌地往下掉。

“闺女，你知道吧，爸爸一直想跟你道歉。”

“不用，你少喝点酒就行了。”

“不喝酒怎么行？不喝酒老板不给我签单啊，不喝酒我怎么给你们娘俩留下点钱啊？”

“可我需要的是爸爸啊。”

叔叔听到这些，叹了口气："其实，我早就后悔了。"

他摸着我们两个人的手，很久很久都没有说话。

医院走廊里，我和加七聊天。

"你这算是和你爸和解了吧？"

"算是吧。"

"可是如何当好一个父亲，这个题真的好难啊。"

"那就不想了呗。"

"可我怕自己当不好一个父亲。"

"我觉得你一定不会是一个坏爸爸。"

"为什么？"

"你怎么对我，就会怎么对女儿呀。你是个很善良的人啊。你会给那些受歧视的女孩写表扬信，会善待实习生，还会替女同事挡酒。我不知道你会不会是一个优秀的父亲，但我想，你肯定不会差劲。"

"等一下，你怎么知道会生女儿？"

"我喜欢女儿，我就要生女儿。"

"我也喜欢女儿，那我们女儿以后叫什么？"

"谁要跟你生孩子！"

理　想　与　现　实

我曾经有很长的一段时间没有收入，一点收入都没有。

那时候刚从大厂离职，我踌躇满志，本以为能找到一份高薪且清闲的工作，但事与愿违。

我从最初的志气满满变得沉默寡言，开始焦虑起来。

“未来”这个词对于我来说，很沉重。

这是我第一次“裸辞”，离职的时候很痛快，却没想到三个月后会陷入严重的焦虑状态。

那时候正赶上加七毕业，我给她买了一件大几千块钱的礼物。当时我觉得消费起来很痛快，但过了三个月我发现，消费几千块钱的东西，对于我来说很奢侈，后来甚至是几百块钱，我都有些难拿出手。

让我感到最不安的是加七报了一个支教计划，这成了我们两个争吵的导火索。

我觉得加七根本没有考虑我们的实际情况。支教需要两年，我们一下子会变成异地恋，而且支教老师的工资又不高，本来她就毕业晚，这样我们的很多计划又要延后。

加七第一次发了火。她觉得我变得越来越现实，越来越没有理想。

听到她的这番话，我也发火了："你有没有想过，理想和生活本来就是冲突的？"

"跟你没话说，你变了。"

"我没变，是你没被社会毒打过。"

加七摇摇头，直接拎着箱子回了学校。

我没追出去，本以为这是一场小打小闹，我们过两天就会和好，谁知这次我们两个却意外地分了手。

这是我第一次没有加七在身边，刚开始倒也过得潇洒。

本来我失业后，我和加七明显消费降级了：我们两个不再出去吃饭，也很少点外卖，甚至奶茶也喝得少了。外卖的配送费是多少钱也能影响我们要不要点餐。

可她这一走，我整个人变得舒服起来。

因为我觉得终于不用一份钱养两个人了。

起初那段时间，我每天都点很多快餐吃，家里堆满了可乐瓶子、没有收拾的垃圾，又过了一段时间，我开始陷入孤独的怪圈。

比如，我第二天早上需要出去面试，手机闹钟叫不醒我，家里又没有闹钟。这时候我才想起来，以前都是加七到点叫我，比闹钟还要准时。

想到这些，我叹了口气，但是铁了心不向她服软。于是我找来一瓶矿泉水，睡前喝了整整一瓶。

第二天，我果然按时醒了——是被尿憋醒的。

不得不说，生物钟还是挺值得让人信赖的。但想着想着，我就突然掉眼泪了。如果我们不吵架，我也不用这样，不是吗?

我的生活开始变得一团糟。

加七走之前，给我发短信："我要去支教了，你要不要来送我？"

"不要。"我关上手机呼呼大睡，醒来的时候，发现已经错过了火车的发车时间。

我又是懊悔又是自责，直接去商店买了几瓶酒，咕嘟地喝了个不省人事。

第二天，我是被一阵嘈杂的声音吵醒的：原来是我家的门没关，保洁阿姨在给我收拾屋子。

由于我是与别人合租的房子，阿姨原本只负责打扫房子公共区域的卫生。我马上反应过来："阿姨，我没钱，不要你给我打扫房子。"

阿姨骂了我一句："小兔崽子，我要你的钱干吗？你瞅瞅你这屋子乱的。"

"那你平白无故地给我收拾屋子干吗？难不成你……"

阿姨无语地翻了个白眼："你个小兔崽子在想什么东西？我就是觉得你没出息，失恋都能哭成这个鬼样子。"

我："你怎么知道我失恋了？"

阿姨："你和我家那儿子一样。"

后来通过聊天我才知道，她有一个和我同龄的儿子，只不过她的儿子在外地，很久不回家了。

阿姨把我当成她的儿子了，给我做了好几顿饭，还时不时劝我："赶紧把人家小姑娘追回来吧。"

我一脸倔强："我不！当单身汉好幸福。"

阿姨摇摇头："那你把我那保洁服务给我评价了吧。你都好几个星期没评价了。"

这时候我才想起，公寓的保洁服务这些评价，都是加七来弄的，我打开软件一看，已经五个星期没评论了。

她已经离开一个多月了啊。想到这里，我又叹了口气。

"谢谢阿姨。祝您新年快乐！洗手间的护手霜您记得用。"

"阿姨，我男朋友睡觉很轻的，你记得声音小一点。谢谢您啦！拜托啦！"

…………

翻到这些评论，我开始掉眼泪。

阿姨看着我："你说你上辈子积了多大的德？碰见这么一个女朋友。"

我还是嘴硬："我不给你评价，你赶紧回家吧。"

阿姨白了我一眼，等她走后，我还是一个字一个字地写下了自己的评论。

"谢谢你，小李。"阿姨发来短信。

"哦。"

过了几天，我决定把房子退掉，出去旅行一圈。

看着我们曾经一点点装饰的房子，我开始有些不舍。

阿姨专门跑来，我很奇怪："这不是你保洁的日子啊？"

阿姨说："那个小姑娘让我把这本旅行游记送给你。她猜到你会出去散心，希望你带着这本游记一起去，就像她陪着你一样。"

"肉麻。阿姨再见。祝您身体健康。"

"臭小子，出去玩完赶紧追人家回来。南方热，我从家里带来顶帽子给你遮阳。"

阿姨扔给我一袋礼物，然后二话不说，把一顶新帽子扣在我的头上。

记 忆 里 的 帽 子

我本来想拒绝阿姨的，因为我从小到大都不戴帽子。

这是我的童年阴影。

我记不清是在哪个年级的事情了，因为加七，我打了人生中的第一次架。

我现在依稀记得，其实原因特简单。在我们隔壁班，有几个同学，长得特别高、特别壮。就像很多人记忆中的一样，教室里最后一排的一群坏学生，他们最喜欢做的事情就是闲着没事干欺负同学。所以我一直保留着对最后一排同学的坏印象，直到初中才对他们有所改观。

可能是我武侠片看多了的缘故，个子矮小的我，总是把他们想象成武侠片里的大反派，他们武力值爆棚，无恶不作。

因此每次我都会吓加七：“小心他们欺负你。”

加七一直留着短发，虽平时像个男孩一样和我相处，但是她终究是个女孩。

我妈妈疼她，给她买了一条白裙子，她每个星期一都穿着白裙子去学校。对于我们来说，星期一很正式，因为那时候每周一都有升旗仪式，每个人都扎着红领巾。

按照现在的话来说，我们在那天就是最靓的仔。

那时候，我的文字已经开始招老师喜欢了，我写的演讲稿，十有八九都会被拿去演讲，但我比较害羞，每次都会让加七帮我读。

老师问过我："换个同学行不行？你这样太宠加七了。"

我说："不行，肥水不流外人田。"

老师露出一副难以置信的样子："你知道这句话是什么意思吗？"

我不吱声。

那天礼毕，我们要回到教室继续上课。

因为我们教室是在学校一个单独的院子里，院子的出入口是一个圆形的门。好巧不巧，今天堵在我们那两个班级门口的，是两个我们害怕很久的坏学生。

不知道他们是怎么想的，同学们陆续从门外进到院子里时，他们就会跑过去骚扰同学们。见到好欺负的男生，他们会直接扒他们的裤子，当被欺负的男生哇地哭出来的时候，他们反而笑得更加开心了。女生他们也不放过，可能做得没有那么过分，但还是会掀女生的裙角。等到女生也号啕大哭的时候，他们才放行。

没有任何学生去制止他们的这种行为，没被欺负的同学甚至还会嘲笑被欺负哭了的同学。

其实成年后我仔细想想，这就是一种校园暴力。但那时候大家也就八九岁，即使告诉老师或者家长，也会被一句“小孩不懂事”搪塞过去。

我至今不理解为什么这么小的孩子就会对身边的人有那么深的恶意，也不理解大人们为什么会无视这些显而易见的伤害行为。

我也会跟加七说，以后我们有了小孩，一定要教他学会尊重他人、学会保护自己和他人。

我心里惴惴不安，加七则拉着我的衣角，示意我赶紧跑过去。可是还没跑起来，我们就被他们堵住了。

“挺风光啊。天天写演讲稿，你是大文豪啊！”

“你再这样，信不信我告诉老师？”我威胁他。

“你还威胁我？戴个破帽子，整天臭美什么？”带头的那个坏同学直接把我头上的帽子掀掉了，然后就要开始扒我的裤子。我急忙喊：“加七快跑！”

我知道我个头小，身形上没有任何优势，索性直接把那个领头的男生扑倒。

这时候我的大脑飞速运转，想到了弟弟教我的打架技巧。

一定不要怂，按住一个打，不要两个都打。我在心里一直默念着。

天知道当时的我怎么会有这么大的勇气和两个比我高一头的男生打架。

当时的场面可谓极其悲壮，至少我心里是这么认为的。

但是据加七回忆，那场面大概就是一个露着底裤的小男孩和另一个小男孩在泥里打滚，旁边还有人助威。

具体怎么结束的我已经忘了，只记得我们老师气冲冲地跑过来了。

见到老师，我满脸委屈地赶忙把衣服穿好，加七在身后偷偷跟我说："尽量狼狈点，这样老师才不会罚你。"

我心里想：我本来就是受害者，为什么会受罚？

但是，显然加七更懂老师。

随后我们三个就被老师叫过去罚站，并排站在教室的门口。

我一边没好气地说着"不公平"，一边把帽子上的土掸干净。舅舅曾经送给我一顶鸭舌帽，我喜欢得不得了，所以天天都会戴着去学校。

此时我有点委屈，眼里噙着泪，但我还是把帽子戴好，挺直了身体继续罚站。

过了大概半节课的时间，老师走出来了。她给班里的同学讲完课，终于把注意力集中到我们身上了。老师看着我们三个，脸色变得很快，好像天下的老师都会变脸一般。比天气预报还不准的，就是老师的脸色了吧？

她嘴里喷着唾沫星子，一个劲地骂着我们，他们两个都低着头，就我抬着头。因为我感觉我没做错什么，所以腰板挺得特别直。

于是，老师越看我越生气，绕着我转了半圈，然后做了一件让我这辈子都难忘的事情——她径直走到我面前，把我头上的帽子给拍掉了。

帽子落地，又沾了土。

老师站在矮小的我面前，像是一座巨大的高山，我看不到眼前的阳光。被阴影笼罩的我，眼泪不听使唤地往下掉。

她开始说我："整天戴个破帽子，就你好看是吧？"她越说越生气，最后说了句："你们三个，今天都别上课了，给我回家反省！"

然后她扭头就进教室上课了。

听完老师说的话，我蹲下身子，把帽子捡起来戴在头上。

我站起来后看着那两个人，见他们还是一动不动，很疑惑："老师让我们回家反省啊，你们都不走吗？"

他们没说话，一个劲地摇头。

"那我走了啊。"

于是我也没管他们两个，在他们目瞪口呆的注视下走出了学校。

其实，当时并不是什么逆反心理在作祟，我想得反而挺简单的：老师叫我回家反省我就回家反省嘛！

但是加七放学回家以后就问我：“老师让你回家你就直接回家了？”

我回答她：“是啊，得听老师的话啊。”

加七很无语，但又转头安慰我说：“你发现没？老师没让你写检讨书，也没让你叫家长！你比我多了半天假！”

我很无奈：“其实我本来没错呀。”

她没再说什么，就直勾勾地盯着我，看得我有些发麻。

我不耐烦地说：“看什么看啊？你先帮我看看有没有受伤，我可不想让我妈知道我打架了。不然我在学校挨了打，还要在家里挨打。”

加七边看边问：“为什么要喊我跑？”

我说：“不知道，第一时间就想着先救你。我妈说了，男孩得保护女孩。”

加七扳了扳手指头，没说话，随即把我的帽子摘了下来，掸了掸帽子上的土说：“帽子脏了。”

我没好气地说：“我以后都不戴帽子了。”

“你不喜欢就不带。”

从那至此，我人生的二十多年里都没再戴过帽子。因为我只要一戴帽子，耳边就会回荡那个老师的声音，那是我挥之不去的阴影。

后来想想，我喜欢的、热爱的东西，被一个人轻而易举地毁掉了，而我却需要花很长时间重拾这份喜欢。

长大以后的加七送过我不少礼物，唯独没送过我帽子和与帽子有关的东西。她一直记得我不喜欢帽子。

虽然从那以后，我一点都不喜欢帽子，但永远记得加七是第一个帮我掸掉帽子上的尘土的人。

“你不喜欢就不带。”

“等你喜欢了，我们再买好多好多顶帽子。”

“你是第一个为我打架的男生。”

不一样的“情书”

袋子里，还有好几本已经发黄的日记本。

那时候我给很多女生写了“情书”型的表扬信，显然加七偷偷看过了，还记在了日记里，给这些“情书”做了备份……

我的记忆一下子被拉回了十年前。

初二升初三的时候，我最喜欢的语文老师被换到别的学校教书去了。

在第一节语文课上，课代表把上学期的作文试卷发给我们。我定睛一看，卷子上竟是鲜红的一百分！但过了一会儿，全班都开始议论，因为他们试卷上的分数都是一百分。

但是，每个人的评语都不一样：

“他们都说你头脑不好，其实才不是，你只是慢热型选手。”

“听说你一直没考过满分，这次实现啦！”

“不要总打架，有力量的朋友，要保护好班里的同学！”

…………

这不像是评语，更像是对我们的嘱托和告别。

过了一会儿，班里慢慢变安静了，我甚至可以听到有人在偷偷地哭。

因为我们知道，这辈子都有可能见不到这个像姐姐一样温柔的老师了。

那天下午，我拿着试卷，坐在操场上发了好久的呆。

我问加七：“这就是所谓的分别吗？分别都是这么猝不及防的吗？”

加七说：“你疼痛文学看多了吧？与其在这叹气，还不如多按老师说的做，好好学习。”

我说：“你咋跟我妈一样唠叨？”

老师给我的批语是：“你文笔好，脑袋灵活。你要坚持下去，希望哪天我也可以看到你的小说。还有，我觉得写文字最重要的是，要带给别人温暖。”

我不知道什么才是温暖的事情，但突然一拍脑门，决定要做一件“缺德事”。

我跟加七说：“我决定了，我要写‘情书’！”

加七有些惊讶：“什么？”

我说：“我要给班里那个‘兔牙’写‘情书’。我要在信里写她其实有很多优点，比如她很安静、很善良，我要告诉她，其实很多男生并不是只看外表的！我想让她这种受歧视的女生也知道，在这短暂即逝的青春里，她也曾经被人爱过。”

加七听完摇摇头：“可是很多女生会觉得是恶作剧啊！”

我说：“我会注意尺度啦。我这段时间多观察她的一举一动，然后用心去写。是不是恶作剧，这是可以从文字里分辨出来的。”

加七还是不同意：“情书都是写给喜欢的女孩的！你这样不行，要写给喜欢的女孩。”

我还是很坚定：“那就不算情书，就当是一封表扬信吧。所以你要帮我送信，但是不能让她知道是我写的。”

“你觉得，咱俩关系这么好，人家不会怀疑吗？”

“越是这样越不会被怀疑！”

“那你这样做是为了什么？”

“我想做一个像语文老师那样温柔的人！这是目前我唯一能做的事情了。”

加七叹气道：“行吧。”

就这样，过了一个月，我终于寄出去了第一封“情书”。

那段时间，我真的看到那个女生变得爱笑了，也变得自信了。我觉得这件事做得是有意义的，于是一发不可收拾。我开始给其他也因为外貌受嘲笑的女生写“情书”，从一个暗恋者的角度努力去夸她们的优点。

这件事情，我从初中坚持到了高中。

我写“情书”，加七当邮递员。

但加七一直不大乐意，说的还是之前的那句话：“情书要写给喜欢的人。”

我还是这样劝加七：“我这写的不是情书，是表扬信！”

加七一直都有情绪，我只能好好安抚她。

原来，这些所谓的情书，她都偷偷读过，也帮我做了备份。

“任何时候、遇到任何困难，你都不要丢掉希望。你从始至终都是一个善良的人。你要记得你这份最优秀的品质，这也是我喜欢你的原因。”

这句话在这份日记备份的结尾，不知道加七是什么时候写的，字迹已经褪色了。

加七不知道的是，我的确有喜欢的人，也给喜欢的人写了情书。

后来她直到毕业，才知道这个秘密。

我拿出好几个日记本，每一页都是一封情书。

我抱着这些情书到加七面前说：“日记体情书，见过没？一天一封哦！我写了四年多！”

加七的脸瞬间红了。

日记的第一篇开头是这样写的：

这是写在给那个女生的信之前的！

这是我人生中写的第一封情书！

这是我写给加七的第一封情书。

情书要写给喜欢的女孩。

我喜欢加七。

有 加 七 的 夏 天

好像人在收拾东西的时候，特别喜欢回忆，整理东西，就像在整理自己的思绪一样。

又是一个夏天，我人生中的第二十七个夏天。

我不喜欢夏天，因为夏天对于我来说，都是些不好的回忆。

我小时候留守，中学家庭遭变故，后来又开始抑郁。

但夏天又是我的限定回忆，因为加七每年夏天都会陪着我。

我关于夏天的回忆，假如有个起点，那一定是 2001 年。

2001 年夏天的某一天，我和加七同大人们疯狂抢电视：我和加七要看《西游记》，大人们要看申奥成功晚会。

我和加七：“不行！《西游记》马上要大结局了！”

双方父母：“不行！我们马上要办 2008 年奥运会了！”

两个家庭就只有一部电视，我和加七眼看就要竞争不过父母了，只得商量了一下，跑去和他们开会：我们可以不看《西游记》，但是我们的要求你们要满足。

本来我们想着提点苛刻的条件让他们知难而退，结果话都没说完他们就同意了。

我和加七面面相觑，因为我俩根本没想好要提什么要求！

“买新玩具！”

“我要好几瓶可乐！”

“以后一个月的电视使用权归我俩。”

…………

我俩尽可能多地提了要求，以为他们不会同意，毕竟那时候父母的工资也就一千块钱，他们平时都是省吃俭用的。没想到这次，无论我俩怎么提要求，父母都同意了。

加七说：“《西游记》对我们很重要，可能奥运会对他们很重要。”

我说：“可我想看《西游记》啊！”

加七说：“让让他们吧，可能奥运会只有一次。”

那天晚上，我们两家的人回家都很早。加七他爸早早地把电视搬到院子里去了，电视前摆了张桌子，桌子上是妈妈们做好的饭。桌子上破天荒地多了一盆排骨，那时候排骨只有过年和过生日时我才能吃到的。

我不理解，于是问加七：“今天这是怎么了？”

加七不吱声，只跟着大人们忙前忙后。

随后我爸嘱咐我，让我把在井水里泡了半天的西瓜抱过来切掉。

全家人都很高兴，只有我一个人在生闷气。我愤怒地对加七说：“你是个叛徒。”

加七却不理我，把一块西瓜塞到我的手上示意我闭嘴。

那天我没有看到《西游记》，但看到了双方父母第一次那么庄重地面对一件看似离我们很遥远的事情。

看我生着气准备回家，加七跑来安慰我：“我告诉你一个秘密。”

“我不听！”

“很多电视台都在转播申奥成功晚会，所以……《西游记》会晚一点才会播。”

我又喜又恼：“加七！你怎么不早点告诉我？”

加七无奈地说：“我以为你知道，谁能想到你那么笨啊！”

我一下子气就消了。

大人们收拾完桌子就回去睡了，只有我和加七守着电视机看《西游记》，我看得津津有味，加七却昏昏欲睡。

我问加七：“你怎么困了？”

加七打着哈欠：“我又不喜欢看《西游记》。”

“你怎么不早说？那你早点回去睡觉吧。”

“我陪你。”

那天，加七一边打着哈欠，一边陪我看完了两集电视剧。

原来加七并不喜欢看《西游记》，只是想陪着我抢电视，陪着我看电视。

长大后，加七告诉我，第一次见爸爸妈妈不吵架反而是一起庆祝，就是因为看申奥成功晚会，所以她当了叛徒。

她那时候就想，我们国家以后能不能多举办几次奥运会。

我对加七说："2001 年的申奥成功晚会只有一次，那年夏天也只有一次，那年夏天是限量版的。"

我记得每一年的你。

莎莎

我的狗莎莎死掉了。

那是个很热很热的下午，知了热得都懒得叫了。我拿着学习机插着游戏卡带加七打游戏，刚打到一半，就发现莎莎狂吠不止。它发出的声音像是发狂的声音，吓得我和加七不敢靠近它，毕竟德牧犬的个头比我俩都要大不少。

但很快，莎莎就从烦躁变得萎靡不振。它趴着，头耷拉到地上，慢慢地一声不吭。它用红红的眼睛看着我，眼睛里像是有泪光。

“莎莎好像哭了……”加七鼓足勇气，上前摸着它的头，它也努力地回应着加七，把头侧过来，埋在加七的手掌里。

爸妈回来后看到莎莎的症状，就知道了：“最近咱们这片有些人故意投毒，见到狗就扔火腿肠，火腿肠里面掺的都是鼠药。

没救了……”

我爸拿起铁锹：“你们好好陪着它，我去外面找个好的地方，好把它埋起来。”

我很小很小的时候，莎莎就陪在我身边了。

“莎莎，等我长大了，我给你买最好吃的肉骨头。”六岁时候，我摸着怀孕的莎莎，对它许下了承诺。

我想到这些，眼泪开始不停地掉：因为我突然意识到，就算它不出意外，也等不到我长大了。

加七趴在地上，把耳朵凑在莎莎的嘴边：“你说什么？你说以后都陪不了他了，让我替你好好陪他啊。好啊，莎莎，你放心吧，我会照顾好他的。”

那是我人生中第一次面对生死的问题，直到一条生命逝去，我才发现，无论人许了多少愿望，这些愿望都会随着生命的流失而作废。

我没有加七前，我的生活史一片空白，只有一扇永远上了锁的铁门。

后来一只小狗走进了我的人生。它还是条小狗的时候，是我的伙伴，等大了一点，就开始守护我的妈妈。

看着悲伤的我，加七说：“我妈妈给我讲过一个故事，你要听吗？”

我点点头。

“我妈妈说，小猫小狗是有灵性的。你养的每只宠物，都是知道你喜欢它的。当然，它们也会记仇。它们就和人一样啦，有情感。它们的命比我们人类的命要短，所以啊，它们比我们早到地府。它们就会在地府等着我们。你知道那些专门虐待动物的坏人以后死了会怎么样吗？等他们到了那边时，被他们欺负过的动物已经吃了很多年的东西了，被养得白白胖胖的，特别壮。它们会把这些人狠狠地胖揍一顿。你想啊，它们等了好多年呢，这得打得多狠啊？”

“那不虐待动物的人呢？”

“像你这样的，对待动物很好的人，它们也会记得。它们也会在那里等你很久。等到你老了，去世了，到了地府，这时候他们会挺着吃得圆滚滚的肚子来找你，然后拍着胸脯说：‘小弟，不要怕，这边的恶鬼，大哥已经帮你打点好了。以后你跟着大哥混，大哥罩着你。’”

“莎莎会变成大姐大吗？”

“会的。”

那天，院子里，莎莎趴在地上要睡一场很长很长的觉，而加七不停地帮它逗着那个爱哭的小男生。

尾奏：生活总归是细水长流的

亲 人 总 是 偷 偷 爱 着 你

那时候，表妹经常来我家玩。

在我六年级的那个暑假，表妹来我家玩。为了方便，我妈提议让表妹和加七住在一起。

加七的父母没有反对，倒是一向热情的加七变得有些“尖酸刻薄”。

她说她不喜欢和陌生人睡一屋，不喜欢自己的屋子被人弄乱，不喜欢别的女孩的味道——反正能想到的理由，她全都说了一遍。

见加七一反常态，双方家长都犯了难。我和弟弟住一屋，没有表妹住的地方，而且我们也已经到了要注意男女有别的年纪了。

加七说：“那就让表妹回家呗。”

表妹叹了口气，走到加七面前说了句：“女人真麻烦。”

加七见状，以为表妹是在挑衅，竟然做出了“防御姿态”。

表妹赔笑道：“姐姐，你先听我跟你说个事情。”然后表妹走到加七身边耳语了一番，加七随即就同意了表妹和她住在一起。

大家都惊讶不已，但表妹和加七谁也不说那句话是什么。

直到我长大，表妹才告诉我这个秘密。

“姜茶，说好的带我俩去偷西瓜呢？”我们仨蹲在路边玩的时候，表妹脱口而出这么一句话。

“偷西瓜不得晚上啊？你这么喊，一会儿水果摊的人找来了，没准瓜田就是他家的。”

表妹下意识捂住嘴。

“等等，他为什么叫姜茶？”加七好像有了新发现。

我打算岔开话题：“这个就不聊了吧。”

但表妹根本不搭理我，说道：“我叫柳姜夏，我弟叫柳姜秋，我们是按照族谱排字辈的。”

“那他不是姓李吗？”

“当年他爸，也就是我姑父，因为他奶奶对他们一家不大友好，所以带着他们去我们那边生活了几年。然后我们就给他们按照族谱也起了名字。我姑姑比较懒，那时候又正感冒，所以他们兄弟俩一个叫姜茶，一个叫姜糖……后来我们就叫他们这个名字了。”

加七摇摇头：“姜茶不苦，姜糖不甜。”

我说：“你这么损我弟，他这会儿肯定在打喷嚏。”

表妹一脸无奈地说：“加七姐姐在夸你甜！”

“柳姜夏，我想把你的嘴巴缝上！”

从小到大，都是我带着弟弟妹妹，所以他们跟我特别亲近。表妹也不例外，在她眼里，我就是一个超人。

当然，我也很享受她对我的崇拜。

可是，在我刚买汽水回来的时候，听到她和加七在聊天。

“我哥从小就尿床，我妈那时候天天吓唬我，说‘你再哭，我就让你哥睡在你的床上，让你的床单都是湿湿的’。”

“我怎么没听过这事？”

“我哥还挑食，我姑姑总得帮他挑菜。”

“这个我知道。”

躲在角落里的我，气得直跺脚。

我最气的不是两个人互相揭我的短，而是她们两个特别兴致勃勃地揭我的短。

女人的友谊这么快就建立了吗？

正当我准备拎着汽水冲出去的时候，表妹叹了口气。

“怎么了？”加七关切地问。

“但是，我跟你说啊，我哥哥的身体不大好。就是心脏有问题。”

“他没说过。”

“他小时候总晕倒，去医院查了查，不是特别大的毛病，但是心脏一直有缺陷，又做不了手术。所以，家里的人都会让着他。”

“怪不得你这么崇拜他，原来是假装的啊？”

“不是啦。他对我们这些弟弟妹妹真的很好，虽然总是好心办坏事吧，但是特别勇敢，总护着我们。以后你要替我们照顾他，毕竟他那个身子……他还总爱逞能。”

“其实你也挺关心他啊。”

“谁让他是我哥呢？”

在一边偷听的我，心情慢慢平复了下来。

亲人，就是一边揭你的短，一边爱着你的人吧。

印象里的夏天

“哥！我太羡慕你了！你家有这么多冰糕！”表妹掀开冰柜盖子后，满眼都是星星。

我没好气地说：“你想吃什么？我给你拿，这破玩意，我都不爱吃了。”

因为当年的一些事情，我家从外婆家搬了回来，但爷爷奶奶对我家的态度依旧很冷淡，他们把更多的爱给了大伯一家。

在我三四岁的时候，爸妈就开始给我灌输这样的想法：我们刚到这个院子里的时候，家里只有一口锅，一切都是他们自己一点点置办起来的，我和弟弟要努力、要有出息。

我家是做冷饮批发生意的，所以他们很忙，妈妈开着农用车十里八村配送冷饮，而我爸则是没日没夜地跑货车。

随着我一天天长大，家里的生意越来越好，家里的冷藏柜从一个变成了五个，我也不再被铁门锁在家里，而是帮家里售卖冷饮。

直到加七的出现，我才算有了陪伴。

表妹羡慕我有吃不完的冰糕，我却很羡慕她有可以肆意玩耍的夏天，因为我没有过过一个完整的夏天。

“但是好奇怪啊，你家为什么不到你奶奶那里开店呢？他们可是住在街上的啊。你们把店开在村子里，酒香也怕巷子深。”

“因为我当过小偷。”表妹坐下来，露出一副要听故事的样子，我只好继续讲，“我家去年是在奶奶那边开店的，所以我每天中午都要去那里看店。我想吃一根冰棍，奶奶不让我吃，说要省钱，结果等伯伯家的孩子来了，她拿最贵的冰棍分给他们吃，所以我就天天偷冰棍！夏天的时候，冰棍被我带到学校的时候已经快化了，但加七还是吃完了。从那以后，我就天天偷冰棍给加七和弟弟吃。有一年冬天的某一天，天气太冷了，我们仨站在雪地里冻得瑟瑟发抖，但还是在吃冰棍。弟弟一脸委屈地问我能不能不吃了，我说不行，不能浪费，于是我就盯着弟弟吃完了冰棍。”

“这么冷的天……加七也吃完了吗？”

“我替她吃了。然后，我和弟弟就发烧了……我妈知晓这个情况后，哭了半天，然后我们就搬回胡同了。”

“你对加七姐姐也太偏心了吧！”

“没觉得啊……我弟说他吃得很勉强。”

“吃的什么冰棍？”

“天津大果。”

表妹说：“怪不得弟弟会吃得勉强，任谁谁都觉得勉强。没想到我哥哥是个‘小偷’，这么会偷小女孩的心。”

“才没有。”

“你去问问加七，你是不是‘小偷’。”

“闭嘴！要问你问！”

“那我真问了啊！”

“滚！”

表妹和加七成了很好的朋友，我们一起度过了一个又一个夏天。

我小学时的夏天，算是我人生中最美好的一段经历了——有看不完的流星雨，满院子飞的萤火虫。

后来，我家总出事，或者说我的人生并不顺利。不知道是不是巧合，那些意外都发生在夏天，导致我从那以后很讨厌夏天。

但是加七每年夏天都会陪我一起过，一年又一年。

我们躺在乒乓球台上一起熬夜看过流星雨，也偷拿过爸妈的手机一起给《超级女声》的李宇春投票。

“加七，你知道吗，其实我并不喜欢夏天。爸妈出车祸、我爸被关进看守所、我奶奶跟我家分家……很多很多令我不开心的事情都发生在夏天，我真的不喜欢夏天。”

“我知道。”

“但我庆幸的是，每年的夏天你都会陪着我。”

“我很荣幸。”

“而且我知道，生活中并没有那么多美好的事情，很多美好的事情，都是你刻意制造的。你会看天气预报，看有没有流星雨，然后带我去看；你拉着我追星，给李宇春投票。因为那种气氛真的很好，所以，我想讨厌夏天，也讨厌不起来了。”

“被你发现了。我只想让你快乐一些！等你准备好了，你再接受夏天吧。”

“好。加七，每年夏天都会有你在我身边吗？”

“我在。我不会缺席的。”

有加七的每年夏天都是限定的。

因为每年都会有特别的事情发生，会有一个爱你的人为你制造惊喜。

你 骗 谁 呢 ？

阿姨给我的礼物里，有一封加七的信。

周六，二十三点二十分，你走出办公室。

不知道这是你加班的第几天。

你的脖子、肩膀酸得难以忍受，头发又被抓掉了一把。

眼前的四座电梯全都停在了第二十五层，你等了好久，等了一波又一波，电梯里的人依然是满满的。

你觉得这生活真是烂透了。

你再也不想热爱这生活了。

你什么都不想管了，爱谁谁吧。

你决定去安全通道抽根烟，刚刚点着火，却发现了禁止吸烟的标志。

你想了想，把烟头掐灭了。

电梯里终于能挤进去人了，你躲在角落里谁都不想理。有人拜托你帮忙按下三楼，你迟疑了一会儿，还是按了下去。

电梯门开了，外面的风很大，你冻得直发抖。

你把头埋进衣服里，戴着耳机。你看到了自己喜欢的短发姑娘，便多看了两眼。

你的后面有个游客正在拿着手机导航找路。看到被路人不断拒绝的她，你还是走了过去，给她指了路。

你冻得瑟瑟发抖，打了个喷嚏，用纸擦了擦鼻涕，把纸扔到了地上。往前走了几步，你又回过头来，把纸捡起来丢进了垃圾箱。

刚进了地铁的你，看着滚梯上挤成一堆的人们，叹了口气，还是站在了右侧。

你挤进了地铁，好不容易找到一个座位，却看到了一个挤在人群中的孕妇。你把座位让给了她。你自我安慰，你并不是想给她让座，而是希望有一天，自己的家人遇到这种情况时，不至于那么难堪。

地铁里那些因创业让你扫码的人真烦啊。你在心里骂了骂，还是给她扫了码。因为她看起来，和你的妹妹一样大。

手机FM(调频广播)里胡乱地放着歌，你听到了喜欢的旋律，赶忙掏出手机，点了红心和收藏。

你终于出了地铁，终于告别那些难闻的味道了。

你肚子有点饿，于是跑去便利店买了些快餐。

收银员在找零钱，你等得不耐烦，于是丢了句“剩下的几块钱留着买瓶水，天冷”就走了。

你走了一会儿，发现路边有两只野猫在翻垃圾桶。

你踹了一脚塑料瓶，想把它们轰走，野猫没有理你，继续翻弄早被倒空的垃圾桶。

于是你折返了回去，买了两包火腿肠，收银员对你说谢谢，你说不需要。

你回到原来的地方，猫早就跑掉了。

你刚回到家，就看到了堆积如山的快递。你新搬了家，快递都是合租室友帮忙收的。你走了停、停了走，还是叩开门，跟室友说了声“谢谢”。

门铃响了，早就跟你约好时间的快递员来收件了。你看到了气喘吁吁的快递小哥，把早就准备好了的“晚了一个小时，你怎么回事？”的责怪话换成了“天黑了，你要注意安全”。

你躺在床上一动也不想动，想点份外卖喝口热汤，却迟疑了。

“晚上又冷又不安全，黑灯瞎火的，算了吧，自己饿一顿，让他们放放假。”

你继续翻着手机看明天的电影票，还在纠结座位和场次，纠结明天到底吃什么套餐、穿什么样的衣服，纠结到底该怎么办才能省钱薅羊毛。

时钟到了凌晨一点三十分，你终于睡去了。

这个时间，你梦到了便利店里打哈欠的收银员、刚刚收摊回家的在大学门口卖烤冷面的阿姨、高速公路上正在去机场的出租车司机、黑着眼圈哄孩子入睡的年轻妈妈。

于是你在梦里决定明天去公园喂喂野猫，包里的火腿肠总不能浪费。

而且明天是周日。

缝缝补补又是新的一天。

你说你不热爱生活了，你骗谁呢？

爱你的人，她在离开的时候，也希望你热爱这个世界。

醒　醒，　我　们　回　家　了

其实这次旅行的计划我已经筹备了很久，我本来是打算和加七去一趟大理，但是没想到我们闹了这样的矛盾。

为了节省开支，我订了一张硬卧票，从北京到昆明，三十六个小时。

我拿着那本小册子摸了摸，然后自言自语：“加七，我们去云南咯。”

旁边的大哥看我的眼神很奇怪，他好像在说“节哀”。

我没好气地白了他一眼：“我的女朋友在支教，在为国家做贡献！”

在云南昆明，我有一个关系很好的网友，我们认识了大概三年。

我这一次去云南，也是为了看她。

起因是她在微信里跟我诉说，她最近做了一个手术，刚刚康复。

我这个人素来看重和朋友的关系，而且很悲观地想，朋友其实见一面少一面。于是我马不停蹄地到了昆明。

起初在昆明时，我们玩得很开心，她带来好多我们的共同朋友，大家都有好多话题可以聊，你唱我和，还算热闹。

但后来事情的发展却出乎我的意料，因为这个朋友提议我去她的县城里玩。

县城在很偏远的山区，我总觉得那里不大安全，但由于盛情难却，我还是和他们去了。

刚刚落脚，我就被安排到 KTV 里和他们唱歌。我由于喝了点酒，在洗手间直吐，然后隐隐约约听到了他们的谈话声，好像说的是传销之类的话。

当时我被吓得出了一身冷汗。

我战战兢兢地回到包厢。他们一直在试图灌我酒，而我其实醒了一大半，开始很防备地没有继续喝酒。

过了一会儿，有个黄头发的男孩把我拉进洗手间，并且用威胁的语气跟我说："给你脸不要脸，信不信我让等下你横着走出去？"

我只能强忍着惧意，然后眼神里充满恐惧地看了看朋友，她连看都没看我。

等到了后半夜，我趁他们有些疲惫的时候，找了个借口上厕所。

出了 KTV 我撒丫子就跑，在路口打了辆车就直奔机场。

路上，我想给加七发消息说我好害怕，但还是没发送，因为不想让她担心。

还好我跑得及时，第二天就飞到了杭州。

来到杭州后，我去投奔了我大学的好朋友。毕业三年了，我们在北京也经常一起吃饭。

我记得我们刚刚去北京的时候，十块钱的盖饭我们都是一人一半，再到后来，他告别北京回到浙江，我们已经一年没见面了。

朋友给我接风洗尘，专门请假陪我玩了两天。

当他得知我在云南的遭遇时，赶忙安慰我："人啊，都会变的。"

我跟他说："这次我来杭州就不走了。"

他调侃说："我可供不起你这尊大佛。对了，加七呢？你们两个不是一直都形影不离的吗？她怎么放心你一个人出来？"

我只能跟他坦白我和加七分手的过程，并且告诉他，加七就在浙江的山区支教，这一次我留在杭州就是为了她。

兄弟跷起大拇指："牛啊，兄弟！北京的人脉和资源都不要了。我敬你是条汉子。"

我骂他："我哪有什么人脉和未来？我的未来就是她。"

朋友那段时间总是早出晚归的。他花钱大手大脚，之前欠了一屁股债，如今只能努力工作还钱。

蹭吃蹭喝的我有些不好意思，于是决定跟他一起租房，等工作稳定了再去找加七。

朋友对我又是一顿夸赞："还好你小子有良心。"

我给他看了看支付宝的余额："我有钱着呢，还要攒更多钱娶加七。"

朋友说："你这是对自己有多抠门？拿那么点工资还能攒下这么多钱。"

我跷着二郎腿说："因为爱情。"

在杭州生活了三个月后，我开始试着投简历，终于被一家公司录用了。

公司安排我去做入职体检，费用需要自己先行垫付，我正准备付款的时候，却发现显示余额的数字少了。

我平时是一个不怎么看存款的人，只知道自己大概有多少钱。但是这次我明显感觉钱少了，再看银行卡和微信上的余额，钱全部被盗刷了。

我赶忙给银行客服打电话查消费记录，结果所有的支付记录都指向了我的朋友。

一瞬间，我的信念就崩塌了。

我从云南逃到杭州，投奔大学的朋友，却没想到又被朋友坑了。

我在派出所的时候，警察问我："你觉得会是谁盗刷了你的钱？"

我有些慌乱："是不是银行系统出错了？"

警察问我："我就问你，证据表明是谁盗刷的？"

我说："应该是他吧？"

警察劝我："你回去吧，他走不了了。"

我拖着沉重得如灌了铅般的双腿走回出租屋，雨落在我的脸上、衣服上，直到我整个人都被淋透。

杭州的雨，原来比北京的雨还要刺骨。

后来警察跟我说，这个朋友是因为参与了网络赌博，还不上钱了，才想到盗刷我的卡。警察还嘱咐我对人不要太信任，不要把密码设置成生日。

而我只是有气无力地说："假如我不来杭州就没事了。"

被盗刷钱后的我，口袋里只有几百块钱了。

我不敢跟家里要钱，也不好意思找朋友开口借钱。眼看着房租都要交不下去了，我一个人坐在躺椅上发呆。

半年内，连续被两个朋友欺骗和背叛，我实在不知道去相信谁了。

我开始把这些遭遇写在社交平台发牢骚，靠为数不多的表达欲度过了那段难熬的时间。

某天晚上，天还是下着雨，我照例下班坐地铁回家，舍不得买伞的我咬咬牙，准备淋雨回家，却接到了加七的电话。

“你躲着我是吧？”

“没有啊。”

“那你来杭州了不来看我？”

“我工作还不稳定。”

“难道不是因为混得太差吗？”

“你都知道了啊？”

“废话，你自己在微博上写的。”

“我不是没告诉过你微博账号吗？”

“现在是大V（获得身份认证，在平台上有较多粉丝的用户）了，了不起了是吧？”

“不是……我是不想让你和我一起受苦。”

话说到这里，我蹲在马路牙子上直哭。

哭着哭着，我感觉雨停了，抬头一看，是举着伞的加七。

“醒醒，我们回家了。”

加七陪我待了几天，就说要走，还要回去教书。

我说：“好好好，你要照顾好祖国的花朵们，不过我要送你一件礼物。”

加七则是白了我一眼：“你还是省省吧，你的钱自己留着当饭钱吧。”

我掏出两面锦旗说：“这又不贵！”

加七打开一面锦旗，上书“祖国园丁加七辛苦了”。

加七又翻了一个白眼：“那另一个呢？”

我打开另一面锦旗，上书“祖国园丁的家属也辛苦了”。

“你还要不要脸？”

这次之后，我写下了这段话，想分享给大家：

我是幸运的，和加七还能再重逢。

你呢？你有再也见不到的人吗？你还记得和他见的最后一面吗？

有人说，曾经上班的时候有个同事和她关系特别好。后来同事离职了，临走前跟她说“以后有时间一起吃饭吧”。她有些失望，因为她懂，成年人世界里的“有时间”一般是“再说吧”的意思。果然后来她们再也没有见过面。

在她的回忆里，她们之间的最后一面好像是她送同事上出租车，同事回头对她挥了挥手。

有人说，和男朋友吵吵闹闹好几年，她觉得他们怎么也吵不散。后来突然的一次拌嘴，她说了句“有本事你别回来了”，男生推门就走。后来他们就再也没有见过面，她家的阳台上还挂着他的衣服。

她见他的最后一面，好像是他推门离开的背影。

有人说，她小时候有个特别要好的男孩，他们天天都在一起玩。两个人约好第二天一起去荡秋千。可是第二天他没有来，妈妈告诉她，男孩家搬走了。

她能想起来见男孩的最后一面，好像是在放学路上他对她告别："明天见哦！"男孩还扭过头对她笑。

有人说，去年春节的时候，初七那天，她要回北京上班了。一家人在一起吃饭时，奶奶总给她碗里放很多菜。她总说太多吃不下了。回京后一个月，她接到家里的电话：奶奶去世了。那天北京正好下起了雪。

她说，最后一眼看奶奶，是她拎着行李箱，回头望见阳台上的奶奶对她挥手送别。但是她再也没有机会说吃不下奶奶夹的菜了。

有的人会自责，竟然想不起见他的最后一眼，我们曾经那么好。

但其实真正的告别就是没有时间让你做准备的。那可能真的是很平常的一天，平常到让你到现在都还没有反应过来。可能是在一句琐碎的抱怨后，可能是一句很正常的"明天见"后，也可能是在"等我回来啊"这样一句承诺后。

也许你能想到的跟对方之间的最后一面很模糊了，但你能想起很多彼此一起相处的瞬间：或许是和同事一起吃饭，或许是和男朋友一起逛超市，或许是在放学后偷偷踩那个你喜欢的人的影子，或许是和奶奶一起在公园散步。

哪怕你们真的分开了，你在偶然某个瞬间会想起他令你抓狂的一面，也会想起他温柔的一面。

其实说到底，当时的你们打打闹闹，其实也没有真的想和对方分开嘛。

但时间是个小偷，最喜欢做的事情，就是偷走你心爱的人。

所以啊，在可以预料的时间里，你们要好好拥抱彼此，哪怕只有最后五分钟相处的时间。

你一定要去见他！跑着去！

你要记得帮他把衣角整理好，在他的耳边说一些悄悄话。

哪怕你们以后再也见不到面了，其实他是想通过这些细节，偷偷告诉你：

我把你记在心里了，你从未离开过。

困难时候的爱情

在杭州工作的那年，我基本处于失业、再就业、再失业的循环里，可能和我的精神状态有关系，总之一切都变得并不是那么顺利。

在杭州，平时有点水土不服的我，有天下床时突然晕倒，救护车把我送到医院后，医生一脸怒气地骂我：“小伙子，你知道你心脏骤停了吗？你再晚来一会儿，就会猝死了。”

我得了很严重的心肌炎，需要住院治疗。

加七说：“咱们好好治病，我陪着你。”

我问她：“你说我是不是废了？我感觉我这一辈子，特别倒霉。我爸从小被我奶奶欺负，带着我妈去我姥姥家生活，好不容易攒了点钱回家创业，结果我和弟弟吃自己的东西还得偷偷地吃，不让我奶奶发现。”

加七笑着说：“对啊，你弟吃的那个大冰棍我到现在还记得呢。”

“可是为什么我这么倒霉啊？我爸没什么错，一场无妄之灾就让我家背上了几十万的债，我妈借钱供我读书！我本以为工作了会好一点，结果被朋友骗、被上司坑，然后还得了这么一场大病，直接把积蓄都花光了。我真的坚持不下去了。”

加七说：“再坚持坚持，你马上就要过生日了。”

我说：“我坚持不下去了，你放弃我吧。”

“坚持不下去还有那么多话吗？”

我住院治疗的那段时间，在支教学校和杭州医院两头跑的加七似乎一点都不疲惫，她拉着我又去了趟心理诊所。

但这次，我没有恐惧。

在她的陪伴下，我们去了一趟杭州市第七人民医院——一家专门治疗精神疾病的医院。

当我迈进医院大门的时候，我很绝望。毕竟这里是治疗精神疾病的医院，无论你有病没病，但凡进到那里，多多少少会感觉有些压抑。

我在候诊室等待的时候，心情更绝望，感觉整个人瞬间跌进了谷底。

因为我看到了很多病人。

有六七岁的孩子，是大人陪着来的。孩子低着头，脸上没有一点笑容。

有十七八岁的穿洛丽塔的姑娘。她虽然穿着一身可爱的小裙子，但眉头紧缩，估计是在和自己的内心不断抗争。

有四十多岁的中年大叔。被生活蹂躏了的他，满脸的沧桑与疲惫。他不停地搓着手指。

也有六七十岁的爷爷奶奶。我在他们的眼睛里看到的是孤独，是无法与别人分享的失落。

当时我就有这样一个念头：这个世界怎么了？怎么那么多人抑郁？世界还会好吗？

我把这个疑问带给了医生。

医生说："其实我不知道世界为什么会变成这样，但我的职业是修补这个世界。世界崩坏了的话，我们就一点点修补。我们只能帮你抵抗抑郁，唯一能战胜抑郁的人，是你自己。"

我当时失望地跟医生说："你这不是在打太极吗？"

医生说："首先你要明白一个道理，无论是治什么病，当你来到这里，你的目的就是为了好起来。"

也是医生的这句话点醒了我。

那个候诊室里坐满了各行各业、各个年龄阶段的人，虽然我们看到的是压抑，但是医生看到的是希望。因为他们看到了患者的内心。

即使大家过得再差劲，其实内心也还是想好起来的，所以他们才跑去看医生。

那天我们走出医院后，打车时遇到一个可爱的杭州本地大叔。他对我说："一看你就是从杭州市第七人民医院出来的。你们这代年轻人，脸上没有笑，总是爱对比，一对比就会有差距，一有差距就会容易焦虑和抑郁。不像我们那个时候，都吃大锅饭，虽然物质生活不怎么样，但是大家都一样，倒也没什么烦心事。"

大叔看着我的手机定位，又说："我看你定位的那个地方也没有吃饭的店，你刚刚在医院肯定没吃饭吧？我多送你一个路口，那边就是小吃街。吃饱了才能变好，不是吗？放心，我不多收你的钱。"

一路上，大叔给我和加七讲了很多杭州的本土故事，我的眉头也慢慢舒展开了。

下车了，我舒服地伸了个懒腰，看着小吃街上来来往往的人，突然觉得生活也没那么糟糕。

我现在非常笃信医生的那句话："你即使过得再糟糕，如果还能感到痛苦和绝望，就是你在挣扎，这就说明你内心没有放弃，你在努力变好。"

我相信，希望你们也一定要相信：

内心还是想好起来，你就已经是在积极地治疗自己了。

你 永 远 会 被 世 界 需 要

“我是废物吗？”我问加七。

“你不是。那我呢？”加七问我。

我在天桥上指着一个行色匆匆的大姐：“你也不是。你看这个世界其实是一个闭环，就比如说这个姐姐。我给你讲个故事吧？”

她今年三十七岁，一看就是广告从业者，刚刚结束加班，错过了末班车。

她的孩子在家发烧，她打不到车，急得在原地跺脚。

中年了，她和年轻的时候一样，觉得自己还是个废物。

三分钟后，一个男孩气冲冲地把车丢到路边。

她看到男孩丢下的共享单车，赶忙扫码骑车回家。

男孩今年刚刚十六岁，又没考好考试。

刚刚妈妈指责了他两句，骂他废物。

现在他在桥边发呆。

五分钟后，男孩的面前会经过一辆车，那辆车会溅他一身的水。

他会走下桥，只顾着和司机吵架。

他忘记了刚才想要自杀的念头。

他四十五岁，是个出租车司机。

他刚和一个男孩吵完架。

他每天起早贪黑，还赚不到钱。

他的孩子马上要上大学了，他想给孩子置办东西，只能熬夜跑车。

他骂自己是个废物。

现在的他在车里熟睡，再有十分钟就会因为缺氧中毒而永远不能醒来。

三分钟后，一个醉醺醺的人将出租车司机吵醒。

这个乘客吐了他一车的呕吐物。

他永远不会知道这个乘客救了他的命。

他是一个销售，陪客户喝了很多酒，产品还是没有卖出去。

他的业绩不达标，工资还是那么点，他觉得自己从没这么没用过。

如今的他醉醺醺地下了车，在路边的躺椅上熟睡。

他醒来的时候，钱包和手机掉在了在地上。

有人盯了他的东西很久，准备下手的时候，看到环卫工刚好骑车过来，于是打消了念头。

他是一个环卫工，老伴有高血压。

他的儿女过得一般，他不想麻烦他们。

他现在努力工作，希望能给老伴攒一个买新手机的钱。

他在想，如果自己年轻的时候努力一点，现在就不至于这么落魄。

过了一会儿，他发现今天的路边垃圾比平常少了许多。

远处，一个到处拾矿泉水瓶的老太太的身影逐渐消失。

捡水瓶的老太太不知道，她帮他减轻了很多工作量。

她是一个本地老太太，刚刚退休。

她很节俭，到处捡水瓶，但总被儿子说。

她想去国外陪儿子，但是不会说英语，总学不会。

她很孤独。

“老了，废了。”这是她最常说的话。

路边有个猫盆。

小野猫每天都会跑去吃那个奶奶喂的猫粮。

但是它不知道，它一直在慰藉孤独的奶奶。

小野猫原来的主人是个来北京工作的人。

小野猫不知道什么叫“废物”，但是主人离开北京的时候，把它当废物一样丢在了街上。

那个奶奶好多天没有来了，它饿得饥肠辘辘。

过了一会儿，它在路边看到了一盒饭，大快朵颐。

他是个新媒体编辑，最近他的文章越写越差。

今天他要迟到了，也忘了拿买的盒饭，盒饭被遗留在了路旁。

他不知道是，刚好是这个盒饭，喂饱了饥肠辘辘的小野猫。

他正在苦恼，不知道自己是不是要坚持下去。

他感觉自己就是个废物。

过了一会儿，他写的文章下面出现了一条评论：“这文笔真好。”

编辑看到了评论，又打起了精神写作。

他刚刚看了一篇不错的文章，评论了一句话。

但这是一个每天都要诞生无数新网络红人的年代。

他看着新人冒出来，很焦虑。

他又怕哪天行业不景气，长时间不工作的他，可能连工作都找不到。

现在他卡文了，不知道写什么，觉得自己就是个废物。

门响了，他看到送外卖的小哥之后，突发灵感，文思泉涌，写下了一篇文章《外卖小哥图鉴》。

这篇文章成了全网的爆款文章。

外卖小哥不知道自己会成为别人文中的英雄。

他是个骑手，刚来北京的时候踌躇满志。

被生活磨平了棱角的他，总觉得自己是个废物。

这是他今天送的第三十个外卖订单，他已经麻木了。

电梯正好开着，他赶忙走了进去。

差一点他就要因迟到被扣钱了。

他松了一口气。

他们是一对情侣，正在电梯口吵架。

女生卡着电梯待了半天，看到骑手以后，让开了。两个人又从电梯口吵到了楼梯间和街道上，互相对骂废物。

这时候楼上掉下来一件衣服。

衣服正好砸在女生的脸上。

两人马上和好，一致对外，想骂却看不到楼上的人。

只有衣服孤零零地落在地上。

那个加班的女人刚刚骑车到家楼下。

她把车放好，见到散落在地上的衣服，于是放下包，把衣服丢进了小区的衣物收纳箱。

而这些被丢掉的衣服，会被送往遥远的贫困山区。

后来，贫困山区的孩子收到了这些新衣服。

这些牌子的衣服都是他们没有见过的。

他们听说这些衣服要花很多钱才能买到。

他们不知道什么是废物。

他们希望走出去，眼睛里怀着希望。

世界是一个闭环，你从来都不是废物，你永远被这个世界需要。

羡慕和被羡慕

我有个学弟，毕业三年了，至今无业。

他每天只做一件事情：准备考研。

第一年的时候他没考上，他安慰自己，跨考有难度，明年再准备一年。

第二年他还是没考上，他在想是不是该找份工作，但是还是想再试一下。

今年是第三年了，他还是每天把自己关在家里。

其实，父母越是支持他，反而让他越发感到惭愧。

现在的他坐在书桌前，拍拍酸痛的肩膀，看着窗外。他想要的未来，不过是在校园里读书而已。

我有个女同学，以前的她是法学院的高才生，身边的同学、朋友、亲戚都羡慕她。

现在她是个不出名的电竞女主播，每天做一些“不务正业”的事情：打游戏、开直播、剪视频、逛漫展。

因为这些事情，她和父母吵了无数次，身边非议她的人越来越多，用爱发电的她也在怀疑自己是否要继续坚持下去。

于是她跟父母约定：一年不成功的话，她就马上回家考公务员。

还有三个月就到约定日期了，在租来的简陋一居室里，她望着直播间仍旧少得可怜的观看人数发呆。

她渴望的未来，无非就是坐在摄像头前，每天给观众带来欢笑，还能赚点钱。

我的高中同学，他是个平台主播，早年靠玩游戏积累了不少粉丝，算是比上不足比下有余的那种。

但是随着年龄的增长，反应速度的变慢，作为技术型主播的他水平开始下降，人气开始流失。他感到压力越来越大，于是被迫开始转型。

现在的他，每天要学习开店，同时还要绞尽脑汁地去保证直播间的人气不下滑。

看着新人不断涌入的平台，他咬咬牙，只能赌上现在的人气。如果运气好，开家小店能自给自足，保证以后不用工作，他就满意了。

我之前的老板五十岁了，开了很多家的店铺，房子、车子都有，一眼看上去他好像没有什么缺点。

在朋友眼里，他是个成功人士；在下属眼里，他是个可靠的老板。

但唯独在家人眼里，他是个失败的角色：是经常在忙的不合格父亲，是约会总迟到的丈夫。

外表看似云淡风轻的他，其实每天都很焦虑。公司需要营利，下属需要他养活，他每天都像在走钢丝绳。

他一个人在会议室里发呆，心里想着，等再忍忍，他就能多陪陪家人了。

可能做个抱孙为乐的摇椅老头，就是他无比渴望的未来。

我邻居家的张大爷，每天早晨起来的第一件事就是骑着车去早点摊买早点。

他有五个孙子、三个孙女，其中两个还在念幼儿园。他每天都要接他们上下学。

他走在路边，别人都说，他的儿女孝顺，他还有孙子陪着，是个幸福的老人。

可是张大爷每次回家都会在自家车棚里叹气：他最大的梦想就是骑行环游世界。

年轻的时候他要养活整个家庭，老了有时间了却要帮忙照顾孙子。

他每天都在擦着那辆已经被改装好很多年的自行车。

等孙辈长大一点去骑车环游世界，这就是他最渴望的未来。

我有个朋友，她是旅行家，vlog（视频记录）博主，工作的主要内容就是吃喝玩乐。

她每个月都会在不同的城市醒过来，见识不同的风景。

潇洒、自由、浪漫、有才华是她的标签。

但是孤独、焦虑才是她内心世界的写照。

收入不稳定的现实、旅途频发的意外以及随时可能撤赞助的赞助商都让她头大。

她其实特别后悔毕业的时候没有勇气去尝试考专业证书，而是做了一个看似风光的博主。

她坐在酒店的落地窗前发呆，说挺羡慕那个还在家准备考研的学弟的。

她目前最大的愿望就是攒够钱，这样她就能在家安心地准备考试，即使花上一两年也不怕。

我们无论是什么出身或者处在什么年龄，或多或少都会有艰难的处境，但在经受苦难的同时，我们也都在渴望着美好的未来。

可你是否想过——

我们看似无比艰难的现在，也都在被别人渴望着?

所以，你不要太难过啊。

你要知道，长大后，你一个人独自对抗整个世界，这本身就是一件很伟大的事情。

你要继续加油。

我有事瞒着你

加七问我还记不记得六岁时候的事情。

我说："记得啊，那时候我们一起上学。"

六岁的我又矮又瘦，甚至还比小我一岁的加七矮一头。

我妈怕我读书以后受同学欺负，于是在新学期开始前给我做心理工作："宝宝，你还小，要不留级一年？"

我满脸疑惑地问道："好好的我为什么要留级？你知道吗？留级可是一件很丢人的事情。以后我坐在班里，每个人都会说我脑子笨，会嘲笑我！你希望你的儿子留下童年阴影吗？"

那时候我才六岁，已经无师自通学会了"道德绑架"。见劝我没用，我妈也只能作罢。虽然她经常为了打我，会拿着笤帚或者鸡毛掸子跑遍整个胡同，但我觉得比较幸运的是，在人生一些重要的选择上，她都会尊重我的意见。

那个暑假，我天天往加七家跑，很晚才回家。

虽然我们两家基本没什么区别——毕竟只隔着一道门，但是我妈那段时间经常露出得意的笑容。她用谈论隔壁结婚的那户人家的表情对我念叨着："小兔崽子，你终于懂事了。"

某一天，我在家开始踱步，假装深思。我妈见我这副样子，觉得很奇怪，放下手中剁肉的菜刀问我："你做出这副样子，是不是想引起老娘的注意？"

果然什么都逃不过我妈的法眼！

我赶紧赔笑："亲爱的妈妈，我想好了！我要留级！"

我妈听完，直接在我的头上给了我一巴掌："早干吗去了？都快开学了！"

我说："我这不是怕丢人嘛……不过，现在你亲爱的儿子已经想通了，为了世界的和平、为了妈妈的健康、为了加七妹妹，我决定牺牲自己：我要留级！"

我妈简直无话可说："关世界和平什么事？关我的健康什么事？又关加七什么事？你都是从哪里学的这些鬼话！"

我赶忙哄她："好了，妈妈，我错了，你不生我的气你就健康了。其实，我就是觉得加七年纪太小了。我以后和她一起上学，就可以保护她了。"

我妈一脸惊喜："你原来是看到加七妹妹也要读书了，所以想和她一起读书啊？"

我小鸡啄米似的点头。

那时候我妈的眼神里满是“儿子从小就这么会撩，长大了还得了”的惊讶和得意。

走出门的我叹了口气：“女人啊，你们根本不懂什么叫拯救世界。”

开学前几天，我发现事情并不像我想象中那样。

之前的同学都背着书包、带着新课本去读一年级了，只有我还在家闲着。看到这场景后我就开始后悔了。我很着急地跑到我妈面前哭：“我也要新书，我也要新书包！”

我妈安慰我说：“咱们不是留级了吗？你用旧书就可以，学前班的课本不会变的。”

这下我更着急了，像热锅上的蚂蚁一样。没办法，我只能向我妈坦白：“旧书让我偷偷给卖了买鞭炮了……”

这可能是我人生中第一次感到焦虑。

我妈听完，眼白都快翻出来了。紧接着又是熟悉的场面：她先给了我一顿胖揍，然后也急得团团转。我带着哭腔还在逗我妈：“这下热锅里有两只蚂蚁了。”

但随后，我妈由怒转笑：“儿子，你办了一件好事！你知道什么叫阴错阳差、什么叫塞翁失马、什么叫因祸得福吗？”

“不知道。妈，你是不是疯了？”看着我妈的样子，我甚至怀疑自己把她逼疯了。

然后我妈就带着我到了加七的屋子里，和宋阿姨商量我和加七读书的事情。

最后协商的结果是：以后上课我和加七坐在一起，我俩读一本书。

听到这个消息的我表示了不满和抗议，因为我很不情愿和女孩坐一桌。但我心虚在前，没有办法，不得不同意这个结果。

两个老母亲聊完后开始嗑起了瓜子，我妈看加七的目光中充满了宠溺，宋阿姨的目光中也是。

大人真的是莫名其妙！

最后，我妈拎着我回家的时候，偷偷跟我说："臭小子，你可要加油！别怪老娘没给你创造机会。"

"妈妈，你真的疯了……"那时还搞不懂我妈话中的深意的我，有些无奈地心疼着这个被我"逼疯"的妈妈。

开学那天，加七在前面走，我很倔强地在后面跟着。

小男孩的心思也很难懂。我不知道要不要和加七并排走在一起，万一被人看到该怎么办？加七这时候主动打破僵局："喀喀，我知道你为什么留级！"

我没好气地回答："你知道什么啊？"

加七说："《舒克和贝塔》是下午四点半播，学前班是四点放学，但是你读了一年级以后，就是五点放学了！你就看不到舒克和贝塔了！"

"……"

她猜对了。

那时候我们两家只有她家有一台彩色电视，暑假的那段时间，我每天都跑到他们家去蹭动画片看，看完《舒克和贝塔》才回家。眼看小学开学的时间将近，我心爱的动画片要看不到了，所以那段时间我才表现得心事重重。

权衡利弊过后，从她家回来我就下定决心了。

我要留级！我要把《舒克和贝塔》看完！

没想到这下子被加七知道了我的秘密，我只能求饶说："你给我保密，别让我妈知道。"

加七说："从今天起，你就要认我是老大，贴身保护我，行不行？不然我就把这个秘密告诉你妈妈。"

我被气到："你怎么还威胁人？"

"我是坏女孩！"

"成交！"

就这样，我虽然比加七提前一年念书，但因为这次留级，我成了加七的同学。我俩也成了当时课堂上共用一本书的同桌。

事情有好有坏，好的是我再也不像之前那样一个人背着书包回家了，坏的是我现在还要背着加七的书包回家。

放学回家的路上，加七又问了我一遍："你说话算话吗？"

我说："算啊。"

她欲言又止，没有往下说。

我那时候也顾不得加七想说什么，直接拉着她的手就往家里跑。

到了她家，我慌忙地打开电视：“《舒克和贝塔》呢？怎么不播了？”

加七回答：“是啊，一共也就十几集吧？昨天应该就播完了吧？”

“啊啊啊啊！”院子里满是我的咆哮声。

加七告诉我，她这辈子做得第一件自私的事情，就是没有告诉我《舒克和贝塔》其实在暑假就会播完。

那时候，她害怕独自走去学校的路，还好那段路有我陪她走完。

我告诉她，还好你当年自私了一回！

《舒克和贝塔》完结了，但我们的故事却刚刚开始。

那我也自私一回吧。我希望我们的故事永远都不会完结。

最　重　要　的　人

那时候加七的成绩一直很好，尤其是语文成绩，她的作文经常被当成范文在全班朗诵。

有一次，她写了一篇作文，主题是写她喜欢的东西，她有提到她喜欢养狗，但家里人不让她养狗。后来她的作文还被老师选中了，在班级里朗诵。

过了没几天，加七正准备去教室里上课，我把加七拉到一边。

加七：“干吗？上课铃响了！”

我拽过她来：“是美术课啊，老师脾气好，没事！我给你看个东西！”

加七看向角落，发现有只狗。

“哪儿来的？”

“我从外婆家偷来的……我家的狗长太大了，我怕它吓到同学。”

加七反问我：“你怎么知道我喜欢狗？”

“你在作文里说的！”

“你怎么当真了？”

“你说的我都当真啊！”

还好美术老师素来通情达理，见到那只狗，喜欢得不得了，还提议让狗和我们一起上课。于是小狗站在讲台上，当起了模特，美术老师当时还指导我们，让我们照着狗去画画。

素来安静的教室喧闹不止，班主任听着声音从办公室走了过来。她发现了小狗，又摆出那副“我就看看谁敢不听我的话”的样子。虽然美术老师在那边打圆场，但是班主任还是要问出来罪魁祸首是谁。

加七抢先一步说：“我带来的！”

我连忙跟上：“是我带来的！”

于是，我和加七双双被叫去罚站。

当然，陪我们一起罚站的还有那只半天都没吃饭的狗。

我不解地问：“你这么仗义干吗？一人做事一人当，我一个人罚站就好了啊！”

加七回答：“作文里我也说了啊，我要保护重要的人啊！”

加七小时候有很多梦想，其中一个梦想是当个演员。

让人意外的是，她想当的是小品演员。我想象了一下她长大以后变成宋丹丹的样子，不由得翻了个白眼。

我们上小学时，学校每年在六一儿童节的时候都会举办一次六一联欢会，其中四、五、六年级的学生要表演节目，一、二、三年级的小朋友是观众。

事情发生在我四年级的时候。我因为是班长，所以要组织全班同学排练节目，但是班级里的人都不是很配合，搞得我很难堪。

我们班最少要报上两个节目，结果一个报名的人都没有。

当时我特别着急，但因为从小就内向，一着急就容易结结巴巴的，然后班里的同学都开始笑我，一直说他们的班长是个“小结巴”。

虽然我是个男孩，但我妈从小就把我当女孩养，所以我特别爱哭。我性格又特别倔，不喜欢找老师打小报告，面对这场面，我直接急哭了。

这时候，加七把桌子一拍，跟班里的同学大声说：“你们真差劲，自己不行还要嘲笑别人。”

结果全班的人都不服气，起哄道：“你行你去啊，吼我们干吗啊？”

加七旁边的女生一直拉着她的衣袖，让她不要争了。加七气上头了，说：“不就两个节目吗？我们包了。”

我当时一听，头都大了。

“加七！可是我们什么都不会啊！”回家的路上我还带着哭腔。

“没事！咱们演《西游记》！”

“《西游记》要四个人演啊，我们才两个人。”

“我问问我的小姐妹愿不愿意演唐僧吧，不用她们也行，咱俩演个新的《西游记》。”

那时候我俩只看过《西游记》的动画片，对《西游记》的情节其实并不熟悉，但是很快就编了一个出来。

内容大概是：猪八戒吃了香蕉后乱丢香蕉皮，孙悟空变成香蕉皮、垃圾桶等东西来劝导猪八戒注意环保。

我问加七：“香蕉皮怎么演啊？”

加七说：“香蕉皮、垃圾桶这些都是道具啊，笨蛋！我在后面配音就行了啊！”

哦，我知道了！

我们还差一个节目，加七也解决了，就是唱《西游记》的主题曲。

我演的是猪八戒，加七演的是孙悟空。

加七问我对角色的安排有没有什么意见。

我说没有，毕竟她是在帮我的忙嘛。

加七说：“到时候我们拿班费还可以买两个面具，演完就是我们的了。你不是一直想要孙悟空的面具和金箍棒吗？这次正好啊。”

我说："加七，你好聪明啊！这是不是叫公款消费？"

加七骂我："闭嘴，我们这叫'贪污'。"

这帮笨蛋一定想不到，我们可以用班费买道具，到时候有他们羡慕的份。

想到这，我哈哈大笑。

很快就到六一儿童节那天了，我和加七如约演了两个节目。

小男孩都想当孙悟空，我却演了个猪八戒。那时候我心里特别明白，我的能力还不够当孙悟空，只能当被加七保护的猪八戒。

我也在偷偷想，我一定要努力，以后要成为能保护加七的孙悟空。

我们的节目演得特别成功，甚至校长都夸我们演得好，说我们天生就是演员的料子。

我不知道校长是不是说的客套话，但加七当了真。她在回家的路上蹦蹦跳跳地说以后要当个演员！

我坚定不移地说："好！加七！你以后就是大明星！"

加七把孙悟空的面具塞在我的手上问我："你的梦想是什么啊？"

我被问得一愣，仔细思考了下，发现我好像真的没有什么梦想，也从来没思考过这个问题。

我说："我没有梦想。"

加七说：“不行，人必须有梦想。”

“那……我的梦想是陪着加七完成梦想！”

“这叫什么梦想啊？”

“这就是我的梦想！”

小时候的我没有伟大的梦想，唯一的梦想就是陪着加七。

童年的阴影是可以被治愈的

那段时期，我才知道，童年的阴影，是可以被治愈的。

因为我度过了一个幸福的生日，收到了加七送的生日礼物。

我的生日礼物，叫作“救赎”。

我生日那天，加七给我寄来一个很大的包裹，我打开以后，发现里面是二十九个包装好的盒子。

每个盒子都代表每一岁的礼物，一至二十九岁，每年一个。

我看到的不是浪漫，而是救赎。

因为礼物的名单太长，我暂且举几个例子吧：

一岁的礼物是一份烫伤膏。

在我一岁的时候，我的左手臂被烫伤，至今留着很深很丑的伤疤。我从小到大都穿长袖衣服，因为我很自卑，怕别人嘲笑我。加七在信里写道：

那时候我还没出生，真想帮你买烫伤膏，不想你这样活一辈子。

八岁的礼物是玩具。

那时候我家很穷，我特别懂事，从来不和父母要玩具。加七说：

希望你一辈子都是小孩，都有玩具玩。

十三岁的礼物是个磁带。

我特别喜欢苏打绿，但那时候买不起正版磁带。让我最遗憾的是，当我有钱、有时间了，能去看演唱会了，苏打绿却休团了。加七说：

我们以前买不起正版磁带，现在买得起了。

十六岁的礼物是个 MP4（多功能播放器）。

我高中的时候，生活费只有两百块一个月。我每个月能省下十块钱，然后攒了半年多才买了一个二手 MP4，后来那个二手 MP4 让人偷了，我念叨了好几年。加七说：

你打开看看，第一首歌就是《小情歌》，让吴青峰给你唱歌，伴你入睡。

十七岁的礼物是抗抑郁药物。

我高中时因为得了抑郁症，休学过一段时间，后来觉得药太贵，就不想浪费爸爸妈妈的钱，强装没事就去学校继续读书了。那时候我自己偷偷吃十几块钱的抗抑郁药。加七说：

咱们现在能吃得起最好的药了，你不要不开心了好不好？

二十一岁的礼物是一千六百块钱。

我大学刚毕业的时候，就拿着口袋里的八百块钱去了北京。那时候我一天只吃一顿饭，每天饿得心里发慌，后来直接瘦到脱相。加七说：

好好吃饭。

二十七岁的礼物是五百六十块钱。

前两年我刚来杭州，人生地不熟，又被人盗刷了十几万块钱，特别无助。加七说：

从杭州到北京的高铁票五百六十块钱，想回家咱们就回家。

嗯，想回家咱们就回家。

看到这句话，我直接哭了。

都说童年的阴影需要用后半生的时间去治愈，但我很幸运，在我收到礼物的那一刹那，就已经痊愈了。

谢谢你救了我。

最 好 的 爱 情

有一天回来的路上，加七问我：“你还记得初中的时候吗？”

我装不明白：“初中怎么了？你说说呗。”

加七无奈地瞪了我一眼，开始说起了我们当年的故事。

“初三的时候，你家搬到了镇子上，我们虽然还是在同一个村子里，但不能像以前那样天天见面了。

“那时候你就开始养成了一个习惯，下课了就往我们班的教室门口跑，放假了就跑回老宅找我玩，然后还要带很多自认为的好东西给我。

“我那时候对于你的变化先是奇怪，后来又很嫌弃：‘你怎么跟黏人的小狗一样？’

“当时你拍了拍肚子说：‘小狗刚吃完饭，要不你去遛遛

狗吧？’

“我很无语，但每次我不管和哪个朋友在一起，都带着你出去玩。

“有一次，我的朋友很生气，对你说：‘我们女孩在一块玩，你捣什么乱？’

“为了不让我难堪，你很识相地跑了。

“回到家后我安慰你：‘我知道你最近有点难受。你爸突然去了南方，还有你外公突然去世，这两件事都影响了你。所以你是不是怕我哪天也不理你啊？’

“你赌气说：‘才不是。’

“我盯着你的眼睛说：‘没有安全感的小孩总是想很多，但是想很多总比不想要好得多。’

“还有啊，我记得我们读书的时候一起出去玩，看见一家装潢很好的店铺，于是手拉手进去。

“我们坐下之后，服务员拿了菜谱来，我们俩一看，菜品好贵，于是我假装看手机，跟服务员说：‘不好意思，我们有点急事，先走了。’

“然后你赶紧配合我：‘是不是客户又出什么幺蛾子了？我陪你去吧？’

“我们俩飞奔而出，到了小吃街的角落，然后一人要了一碗烤冷面。

“我们抱着烤冷面相互一笑。在爱情里，我们没必要打肿脸充胖子，相互接受彼此，诚实地面对对方就很好。

“其实，我们还要谢谢年少这些没来头的欢喜。”

“我可羡慕叔叔和阿姨了。

“你刚大学毕业那会儿，叔叔还在用老人机，当时你看着实有些不好受。

“发了第一个月的工资后，你偷偷地给叔叔买了一个手机。你把手机拿回家以后，叔叔虽然表面上骂你乱花钱，可是脸上的高兴之色是藏不住的。

“他摆弄了手机半天，想了想，又用纸把手机屏幕擦干净，然后重新把手机放进盒子里：‘算了，给你妈用吧，我用旧的。’

“叔叔把烟酒戒了，因为他的身体不是很好，他做此举只是为了多陪阿姨几年。

“所谓爱情，就是我特别喜欢你，所以我们会坦然地接受对方的好与不好。

“我们会一起面对困难，一起跑来跑去，不怕风雨。

“正因为我特别喜欢你，所以想把我最好的东西都留给你；

“正因为我特别喜欢你，所以会害怕有一天我们会分开。

“我会担忧你，所以我更希望，即使我哪天离开了你，你也要更好地活下去。

“你要像爱我一样，继续好好爱下一个人。

“爱情，是一件每分每秒都要做的小事。

“无论是正在进行时，还是过去时、未来时，我都希望你过得很好。”

“你记得吗？你家搬走的第一年冬天，我总是用课余的时间给你织围巾。

“后来，我每年都会送你一件礼物，有的时候是背包，有的时候是衣服，总之都是能用很久很久的东西。

“你夸我眼光很好，说我选的款式都很经典，东西只要不磨损，就能穿戴很多年。

“还记得大三的寒假，我爸爸带我买衣服，我磨着我爸花三千块钱买了件男款的衣服。

“我跟你说：‘现在流行女生穿男生的衣服。’

“穿了没几天，我就把衣服丢给了你，说我不喜欢穿了。其实你当时就知道我的意思了。

“你问我：‘其实你一开始就是买给我的对不对？’

“我吐了吐舌头：‘还是瞒不过你。这件衣服质量好，款式也是经典款，你能穿好久好久的。以后如果不是我陪着你，这件衣服也能陪着你。’

“所以，你聪明的话就知道我为什么从初中开始就要做这些事情了。

“自从你搬去镇上后，我怕你哪天突然离开，所以买了好多衣服陪着你。

“我怕款式过时，所以要花很多时间研究，去找一件经典款的衣服。

“我想的是，你即使没有我，未来也要过得很好。

“以前我没有安全感，所以喜欢黏着你，想把所有关于我的事情都说给你听。

“那时候我想的是，把世界上最好的都给你，但后来发现，世界上最好的就是你。

“你呢，也是个没有安全感的小孩，总想把未来的我也照顾好。

“但是我未来没有你，才是真的没有安全感。笨蛋，我知道没有安全感的小孩总是会想很多，但是他们的那些‘想很多’，是想和对方永远在一起的意思啊。

“亲爱的，你知道吗？如果两个人不能走到最后，也会有一个人真诚地祝福着你。

“你要像爱我一样，继续爱下一个人。我们是亲人，只是不再见面了而已。”

听完加七这一串话，我一头雾水地问：“你这是要跟我分手吗？”

加七说：“没有啊。我只不过想到我们一起经历了这么多事情，感觉自己的顾虑都是多余的。两个没有安全感的小孩早已经长大了。

“毕竟，我认识你又不是为了放弃你。

“你还记得阿姨总是在我的耳边偷偷讲话吗？”

“记得啊，你又不告诉我。”

“她说：‘以后当我的儿媳妇吧。’”

“我早就猜到了。”

“我好想当她的儿媳妇啊，所以，我们结婚吧。”

（正文完）

彩蛋：

给加七的睡前故事

相　好　伞

她是个自卑又孤独的女孩，每天折返于图书馆和宿舍之间。

她生着单眼皮，皮肤黑黑的。她不爱说话，朋友很少。每每想到这样的自己，她都在叹气。

今天好端端的，突然下起了雨，她在屋檐下躲雨。

孤独是什么？下雨了，你在等人送伞，而我在屋檐下等雨停。

正在姑娘眉头紧锁的时候，老大爷递过一把伞："相好伞了解一下？"姑娘推推手表示拒绝。

大爷说："两个人站在伞下五分钟，站在左边的人就会喜欢上站在右边的人。不过有个缺点哦，男女不限。"

她笑笑："骗子。"

大爷说："你看你也没伞，这伞反正不要钱。试试吧？"盛情难却，她收下伞。等她想说声"谢谢"的时候，大爷早已没了踪影。

她撑起伞，走在学校的小路上。

雨中有个男生正抱着书奔跑，看样子是个刚入学不久的学弟。她一时心软跑了过去：“别跑了，雨太大，我送你一段路。”

学弟急忙点点头表示感谢。

两人就在路上慢慢走着，时间一秒秒过去，谁也不知道过了多久。

“我……到了。”学弟停住了脚步，“谢谢你，学姐，你真好。”

她笑着说：“没事。”

“那，我先去上课了。”

“好。”

学弟羞红了脸：“还有，你的眼睛真好看，里面就像有一片海。”学弟说完就走了，她留在原地，心扑通扑通地狂跳。

难道真是伞起作用了吗？她回到寝室后，端详着那把伞，脸上泛着桃红。

过了两天，她摘下了厚厚的眼镜，换上了漂亮的美瞳。原来自己也有一双漂亮的眼睛呢。

从那以后，她总是盼着下雨。

在那把漂亮的油纸伞下，她总能听到那些自己不曾听到过的赞美之词。

“你的眉毛像新月，你为什么要用刘海把它盖起来呢？”

“个子矮怎么了？小鸟依人。”

“小麦色的皮肤，真好看。”

“哇，学霸‘人设’，我喜欢了。”

“你的牙齿真好看！”

她收到的赞美越来越多了，只要有那把伞，男生女生都会喜欢她。

以前令她讨厌的单眼皮，变成了人们喜欢的丹凤眼；令她自卑的肤色和身高，也被夸赞可爱。以前那些让她备感烦恼的缺点，都变成了优点。她变得越来越受欢迎了，也越来越依赖那把伞了。

是好是坏呢？她也不知道。

可是她再也没见过那个淋雨的小男生了。不知道他还会记得自己吗？

又一个晴天，她在路边漫无目的地走着，数着路边的窗户，看候鸟飞过。突然刮起了微风，不一会儿乌云密布，下起了瓢泼大雨。她急忙用包盖住头发，急匆匆地跑到公交站台。

正在她整理着被雨水弄湿的头发时，她听到有人在叫她。

“学姐，是你啊。你还记得我吗？”她回过头，是那个学弟。这时候她慌了起来，因为她发现自己没有带伞。

她只能硬着头皮打招呼：“是我，你好。”她感觉到心跳得越来越厉害了。

她只能在心里骂自己怎么这么笨，竟然不看天气预报。羞红了脸的她不知道说些什么，两人就在公交站亭站了许久许久。

雨终于停了，她松了口气。

正当她想要逃跑时，却被那个男生叫住了。

“那个……学姐，我能问一下你的联系方式吗？”

“可是我没带伞……你怎么会……”

“你说什么？”

“啊，没事。”大脑一片空白，她只能咬着唇说：“好。”

然后她匆匆地跑开了，留下一脑袋糨糊的小男生。

“你还没说电话呢。”反应过来的小男生急忙追了出去。

远方，一道彩虹挂在天边。

喜欢，也许是他们爱你的明眸皓齿、柳叶弯眉、樱桃小口，抑或是爱你的小鸟依人、温柔善良。

而爱情却是，那个你没有准备的下雨天，我们正好在同一个屋檐下躲雨。

任　意　门

“谢谢老板。今天加餐，两个鸡腿，一个打包带走。”

外卖小哥招呼店员再多加一份饭盒，同时心里想着：天色太晚了，来不及做饭，给女儿带份盒饭回去吧。

“好嘞。”

雨越下越大，小张很后悔接了这一单。

他终于到了送餐的小区。

电梯里的小张很是焦急，尤其是这电梯，一楼一楼地停，门每开一次，他的心就咯噔一下：外卖送达的时间已经晚了四十分钟，女儿还在家等着呢。

到了十八楼，他按动门铃。

“你们送外卖的是不是不想干了？我都快饿死了。”

“今天雨大，真是抱歉。”

“你就不应该迟到。别说了，差评我肯定是给了，你赶紧走吧，我不想再见到你。”

小张被赶出了门。被骂得灰头土脸的他其实并不生气，这样的人他见多了。

手机的时钟显示晚上十一点，他最紧张的，是一个人在家的女儿。

湿淋淋的他重新走进电梯，一边祈祷，一边希望电梯下得快一些。这时候，灯灭了，电梯停了。

屋漏偏逢连夜雨，小张很着急，借着手机屏幕的光找到了电梯里的急救电话号码，拨通了电话。

“您好，紧急救援中心。”

“我被困在电梯里了，救救我。”

“好的，马上为您安排救援。”

两分钟后，电梯灯亮了，这时候电梯急速下落，吓得他赶紧扶住墙壁。

三分钟后，电梯门开了。

他松了口气，走出电梯，却发现眼前是自家门口那排熟悉的路灯，女儿的房间里还亮着灯。

饿 鬼

女孩最近食量惊人，感觉能吃掉一座山。她千杯不倒，酒量也见长了不少。

女孩就这样一直吃一直喝。她想，吃多了就会忘记很多伤心的事情吧？再也不会想起那个人了吧？

很奇怪，女孩吃了那么多，就是长不胖，还是那副瘦瘦弱弱的样子。

直到有一天，天阴沉沉的，一个道士出现在她的面前：“女施主，你被饿鬼附体了！”

女孩：“什么恶鬼？”

道士：“就是饿死的哪种鬼！”

这时候道士抽出一张符纸：“现行！”

饿鬼无处遁形，现出身形，冒着寒气冷笑道：“小道士，

你以为我怕你吗？我在这人间修行了上千年！还能怕你这个小道士？”

随后饿鬼一出拳，小道士变成了星星消失在天际。

女孩很害怕：“你是不是要吃了我？”

饿鬼说：“你个傻姑娘，我是在保护你啊。你以为你为什么喝不醉、吃不胖啊？那些东西都被我吃到肚子里了呢。”

女孩脸红，不知道说什么了。

饿鬼说：“我只能保护你的胃，不能保护你的心啊。”

女孩问：“那什么才能保护我的心呢？”

饿鬼说：“靠那些美好的事情啦，太阳啊，拥抱啊，朋友或者爱情啦。”

女孩问：“那个能带给我美好的人在哪儿呀？”

饿鬼挠挠头：“大概是愿意给你讲故事的这个人吧？”

女孩说：“谢谢你，饿鬼先生。”

饿鬼吐吐舌头：“那我要走了哦。最后我跟你说个秘密哦，少吃些垃圾食品，因为你可没有吃不胖的体质哦。”

金箍棒

我叫阿棒，金箍棒的“棒”。

很久以前，我曾陪那个叫大禹的人皇，搬山、治水、镇海、定乾坤。

沧海桑田，楼起楼落，人间王朝更迭，我在东海沉睡了数千年。

世人忘了我，我也忘了世间。所谓孤独，便是如此。

我从未想到我会和一只猴子有交集。

我在东海底沉睡了数千年，久而有灵。在一定程度上来讲，我和猴子是一样的，都是妖。

不过他是女娲补天后留下的神石，我是大禹治水后留下的神铁。

我们都曾有无限风光，也逐渐被人遗忘。

我决定跟猴子走。

因为猴子是有梦想的。他想为了那些被散仙追杀的小妖建个桃花源。

后来的事情大家都知道了。

绝世妖王出世，号齐天大圣，一猴一棒，众妖来朝。

后来猴子谈恋爱了。

我想也不用想，这肯定是跟他拜把子的大哥牛魔王教他的。

猴子说：“我给白骨精送的桃子她不喜欢，所以我要去天庭养马了。”

我说：“你这是被招安了？”

猴子说：“我要给白骨精偷天马当坐骑。”

我问：“为什么？”

猴子说：“白骨精说过，她想要匹天马。”

我说：“蜘蛛可是食肉动物，你知道吗？”

后来猴子去了天庭，不过他没有偷马，大部分时间和一个仙子在一起。当天庭众仙视猴子为异类的时候，只有这个仙子和他一起玩。

这两个人最喜欢做的事情就是在云边放焰火。

传说，每个仙子放的焰火，都是人间最美的晚霞。

猴子唤她紫霞。

散仙需要猎杀妖精增加功德，而上仙则需要散仙的供养。这是一个庞大久远的体系，绝对不能因为一只猴子毁掉。

不过，猴子也不是来养马的。他要摸清天庭的底细。

他知道，妖与神，终有一战。

后来的事情，大家都知道了。

猴子喝醉了，闹了蟠桃会。

十万雷霆十万天兵，金枪铜鼓百丈红巾。

悟空和他的好兄弟们，同天庭酣战了数天数夜。

听后来的人们说，那时候花果山的云朵都被染得猩红。

不过后来猴子还是败了。猴子和杨戬大战的时候，瞥见了被捆仙绳束着的紫霞。

稍一分神，他便被老君的金刚镯砸了个眼冒金星。

炼丹炉前，老君威胁猴子，若有反抗，就先拿金箍棒祭炉。

我本就是老君送给大禹的一块天河寒铁所化，老君自然知道怎么对付我。

猴子说：“欺负我可以，欺负我的金箍棒不行。”

于是他一个转身，跳进了炼丹炉。

猴子在炼丹炉里，被熏瞎了双眼，炼去了妖身，化成了那颗补天石。

“孙悟空，你还不死？”

“紫霞已经自缢了，你还能苟活？”

炼丹童子不断地刺激着猴子。只有猴子心死，他才算功成。

三天三夜后，猴子并没死。

猴子踢翻了炼丹炉：“金箍棒，跟我杀。”

“杀到哪里？”

“仙子墓前！”

什么是天下无敌？只有无牵无挂才能天下无敌。

可猴子有太多牵挂了，他永远都不可能无敌。

他有猴子猴孙，有结义哥哥，还有死掉的紫霞。

他终究没杀到仙子墓前。

他答应了如来，在五行山下赎罪五百年，只为了那花果山的生灵能逃过一劫。

佛祖答应了猴子，用晚霞为紫霞修了一座云做的墓。

猴子在五行山下，每天都会望着晚霞发呆。

五百年后，当猴子戴上金箍的时候，就再也不是猴子了。

猴子以为众妖可以逃过一劫，可他怎么知道，真正的阴谋才刚开始？

如果说拥有金箍棒他就自由了的话，那么金箍就是为了禁锢住他。

从今以后他是孙行者。

他是一个没有回忆的行者。他要成佛，要杀光西行路上的妖王。

混世魔王是他杀的第一个妖怪。

当他一棍挥向混世魔王的那一刹那，我却缩了回去。

他问我：“怎么不杀？”

我问他：“我也是妖，你也要杀我吗？”

猴子捂着头打滚：“阿棒，我好像忘了什么，我的头好痛。”

最后我还是杀了混世魔王。

后来我又替他杀了蜘蛛精、白骨精，打得牛魔王满头大包。

金箍脱落的那天，也是他成佛的那天，他的记忆也自然恢复了。

天庭与雷音寺的算盘打得真好。等他真正想起来了又怎么样？天下妖王已诛，一个光杆司令又能做什么？

他一生都会活在懊悔与自责中。

长生不老，一代妖王？

不过是场笑话罢了。

猴子回到花果山的那天。

他孤坐在悬崖边上。那是他出生的地方。

他的眼神里，是千万年的孤独啊。

他问我："阿棒，现在就剩你我两个了，我再也战斗不动了。你会怪我吗？"

我说："说什么屁话？你忘了一切，我可没忘。我这一路上都给你打点好了。妖怪们该装死的装死，假装投降仙家的都去做了卧底。你怎么能说没人呢？"

我在地上狠狠一打，群妖从四面八方会聚过来。

牛魔王、白骨精、蜘蛛精都回来了。

"我平天大圣牛魔王！"

"我盘丝洞蜘蛛精！"

"我白骨洞白骨大王！"

"愿陪大王，死战！"

天地变色，怒雷滚滚。

"众妖听我号令！给我杀！

"杀到玉帝脚下，仙子墓前！"

天　　下　　第　　一

小道士下山的那年，刚刚十五岁。

小道士说：“我要做天下第一。”

师傅告诉他：“你若出世，便是神兵，放在寻常百姓家，也是一把好菜刀。”

小道士问：“我听不懂。”

师傅说：“你只要做好一件事，就是天下第一，吃饭可以天下第一，拉屎撒尿也可以天下第一。”

小道士说：“师傅，我听不懂。”

师傅说：“你看我，我也是天下第一，天下第一的穷道士。”

得，师傅的意思是他很穷，这下小道士没指望了。

小道士就这样糊里糊涂地下了山。他在路上遇到一伙流民。本着“千金散尽还复来”的豪情，他仗义疏财，一下子成了穷光蛋。

可奈何，他空有一身武艺却无处施展。正赶上马戏团招人，他为了块热馒头，跑去做了打杂的。胸口碎大石他干不了，空中飞人他飞不了，玩飞刀他差点扎死老伙计。老板一气之下，骂道：“你去喂马吧。”

于是乎，小道士成了马戏团的饲养员。他割草、拌料、喂马，反而做得很娴熟。毕竟，他以前在山上的时候没少砍竹子。

每天闲得无聊，小道士又记起了师傅的话。

于是每天苦练剑术的时候，他又定了一个目标：我要做天下第一的饲养员，让皇帝老儿来给我牵马。

皇帝是个昏君，史官都洗不白的那种。他在皇城建了一个豹宫，专门养些异兽珍禽。最荒唐的是，他还给宠物们册封了官职，比如虎将军、鹤太尉。

三年后，有个马戏团的臭小子轰动了全国。

因为他是唯一一个能让汗血宝马倒着走的人。所有的动物，在他的训诫下，都服服帖帖的。

于是，皇帝给小道士牵马了。

这次，小道士真成了天下第一，天下第一的饲养员。

在豹宫的那段时间，是小道士这辈子过得最轻松的时候了。

小道士每天要做的事情，就是发号施令，指挥小太监。

虽然豹宫里的那些奇珍异兽都世间罕见，不过小道士不以为意。他在去马戏团之前，收养了两只土狗，土狗被肉骨头养得浑圆。真打起架来，和土狗一比，豹房里那些狮子、老虎都是花拳绣腿。这两只土狗可是名副其实的恶犬。

皇帝还是太子的时候跑出宫玩，爱上了一个平民家的姑娘，后来这位姑娘生了个女儿。太子登基后成了皇帝，他寻访了数年，才寻回这颗沧海遗珠。

被皇帝惯得无法无天的小公主，听说有个不识好歹的臭小子竟然让皇帝牵马，当然气不过。夜深人静，她找了个机会跑到豹房，准备放点炮仗吓吓小道士，给他个下马威。

她千算万算，没想到小道士竟然养了两条恶犬。

公主刚爬进墙，两只恶犬扑面而来，她被吓得腿都软了。可是她没想到，两只狗扑过来，舔了她满脸的口水。

公主看着两只土狗，惊讶地道："竟然是你们？"

几年前，公主随密探进宫的时候，为了掩人耳目，于是乔装成流民，没想到遇到了一个多管闲事的小道士，他竟然要给他们盘缠。

左右推托不过，公主只能收下了。小公主带不走在路上捡的两只土狗，就索性将土狗交给小道士抚养了。

"原来是你。"

小道士和小公主面面相觑。公主才知道，原来小道士带着两只狗离开后，走投无路，投奔了马戏团，只为了图两个热馒头。

有他的一口饭吃，他就不能饿到两只狗。

公主问："说好的天下第一呢？"

小道士白了她一眼："天下第一的饲养员也是天下第一。"

由于这两只狗，公主时常去找小道士玩。

夏天，少年，少女，总有说不完的故事。

公主总有问不完的问题，而小道士则有回答不完的问题。

可能是由于从小失去了母亲，公主喜欢玩游戏、过家家。

公主："你演皇帝，我演皇后。你演怕老婆的那种皇帝！"

小道士："我不敢，会被杀头的。"

公主："我让你演你就演。"

就这样，小道士陪着小公主演了又演，不厌其烦。

虽然宫内一片太平，可是人间已成熔炉。藩王四起，外族入侵，百姓苦不堪言。

勤王的藩王们都这样回复皇帝："让你的虎将军替你打仗去吧。"

皇帝唯一的希望便是与外族和亲借兵，而小公主则成了他最重要的筹码。

皇帝叹气道："嫁。"

小道士问："能不能不嫁？"

公主说："不行，因为我是公主。"

小道士说："那再玩一次过家家吧？"

小道士拿着剑，对两只恶犬喊道："千军万马，拜见公主。"

他一本正经地跪下："我有千军万马，我也是王啊！做我的王妃吧！和我一起，君临天下！"

公主说："傻子，做你的臭饲养员吧。"

公主走了，心里藏着一句话：本来……你是有可能成为本公主的饲养员的。

大婚那天，华灯璀璨，整个京城都被重新涂成红色。

奉旨的钦差没有等来迎亲的使臣，却等来了一把钢刀。

原来，外族是借着通婚的名义，来攻打这座牢而不破的皇城的。

公主抱着玉玺，独坐在皇城。

城外火光滔天，城门摇摇欲坠。

“别怕，我在。”

小道士手提钢刀，带着两只恶犬：“千军万马，给我杀。”

小道士一手扶刀，跪倒在地，仰天而望。

是年，小道士斩首五十余人，皇帝自缢，城被屠，国被灭。

公主抱着小道士的尸体，拥他入怀。

“抱紧我吧，让收尸的人知道，我们是一对。”

世界和你，给你